KB141297

나는 더 좋은 곳으로
가고 있어요

임지이 그림 에세이

나는 더
좋은 곳으로
가고 있어요

책을 펴내며

만화 그리는 것밖에 할 게 없었다. 가진 거라곤 넘치는 시간과 이면지와 모나미 볼펜뿐이었으니까.

한 번도 그림을 배운 적이 없는 내가 만화라니. 하지만 다 늦게 만난 단짝 친구처럼 나는 만화를 그리는 데 흠뻑 빠져들었고, 내게 일어나는 모든 일을 만화로 그려 나갔다. 만화 그리는 게 너무 재미있었다. 더 재미있는 일은 그렇게 취미로 만화를 그리던 반백수가 이제 만화로 먹고산다는 거다. 세상일은 정말로 모른다.

마흔이 다 된 어느 날, 갑작스레 회사를 그만두게 되었다. 엎어진 김에 쉬어간다고 나는 당장 취직하기보다 내가 진짜 하고 싶은 일이 무엇인지 찾기로 결심했다.

그러는 중에 엄마 돈을 훔치기도 하고, 동네 공원에서 빈 병을 주워 팔기도 하고, 공장에서 나사를 박기도 했지만 나는 꽤 행복했다. 내가 그토록 원하던 '평일 낮 시간을 가진 사람'이 되었으니까. 그리고 결국엔 내가 하고 싶은 일을 찾았으니 말이다.

그러니까 그 과정을 담은《나는 더 좋은 곳으로 가고 있어요》는 결코 이르다고 할 수 없는 나이 마흔에 지금까지 하던 일과 완전히 다른 일을 시작한 사람의 이야기이자, 자기 시간의 주인으로 살아가고자 하는 사람의 이야기다.

이 주제로 책을 묶어 내기까지 두려움이 컸다. 별로 내세울 것도 없고, 특별할 것도 없는 내 이야기를 누가 봐줄까 싶었다. 하지만 두 눈 질끈 감고 용기를 내었다. 가장 힘들면서도 가장 흥미로웠던 내 인생 몇 해 동안의 이야기를 해 보기로 했다. 두려움 속에서 새로운 일을 시작한 한 프리랜서의 이야기를, 소심해서 매일매일 상처받지만 씩씩하게 살고자 노력하는 한 사람의 이야기를 여러분께 들려주고 싶었다.

2022년 9월

임지이

차례

3 평일 낮 시간이 내 것이 되었어

4 만화를 그려서 먹고살게 되다니

5 나는 더 좋은 곳으로 가고 있어요

1

갑자기 절벽에서 굴러떨어졌지만

이렇게 어리석다니까

광화문 교복문고에 다녀오겠습니다.
나는 출판사에서 오래 일했다.

그래서 시장조사나 자료조사를 위해 업무 시간에 서점에 갈 일이 가끔 있었다.
표지 시안도 다른 책들 사이에 놓아 보고,
요즘 어떤 책들이 팔리나 구경도 하고…

서점에 갈 때는 카페를 여러 개 지나쳐야 했는데,
CAFE
COFFEE

그곳에 앉아 있는 사람들이 그렇게 부러웠다.

평일 낮 시간을 가진 사람들…

부럽다

그런데 느닷없이 내게도 평일 낮 시간이
생겨 버렸다.

앞이 캄캄했다.
이제 어떻게 먹고살지?

얼마나 마음고생이 심했는지, 누워만 있었는데 일주일 만에 8킬로그램이 빠졌다.

내 인생에서 가장 괴로웠던 시간.
절대 그때로 돌아가고 싶지 않은데,

지금 정말
좋거든요♡

살 빠진 것만 생각하면 좀 그립기도 하고…

아이고, 이 어리석은 망각의 동물아.
파삭
처음

15년

권력자의 말은 겉으로는 아닌 척해도 결국은 명령이라는 걸 알지 못했던 덜 떨어진 신입….

아하,
그런가요?

그러자 대표님도 슬리퍼를 신고,
짱 조아!

발가락들과 오래오래 행복하게 살았답니다.
시원해요

라는 이야기였으면 좋으련만……
아, 그렇군요.
강추!

그런데 나…
회사 생활
15년이나 했다?

다시 나로 돌아오다

회사를 그만 뒀다고 하면 이유를 물을 텐데,
그 일을 다시 떠올리는 게 괴로웠다.
수치스러워…

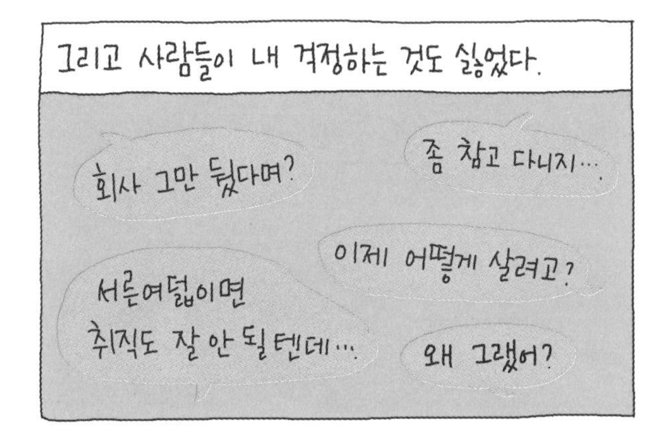
그리고 사람들이 내 걱정하는 것도 싫었다.
회사 그만 뒀다며?
좀 참고 다니지…
이제 어떻게 살려고?
서른여덟이면
취직도 잘 안 될 텐데…
왜 그랬어?

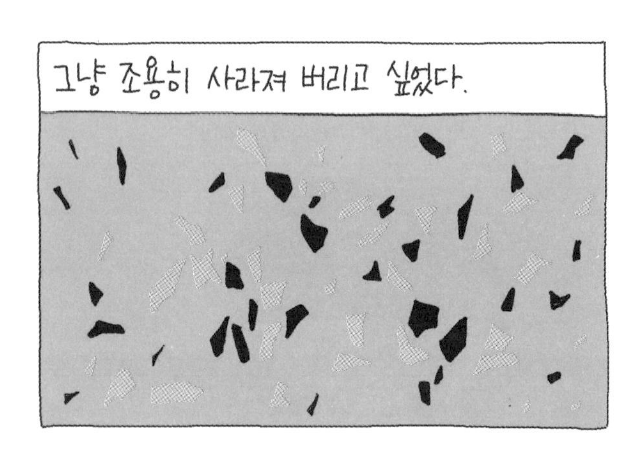
그냥 조용히 사라져 버리고 싶었다.

아무 의욕이 없어 계속 누워만 있었다.
몸이 계속 바닥으로 끝없이 가라앉았다.

그렇게 보름이 지나자···
꼬르르
드디어 배가 고팠다.

앗, 배가 고프다!
배고픈 게 이렇게나 반갑다니.

미친 탄수화물 중독자의 귀환.
탄수화물
하얀 쌀밥에 김 싸서 먹어야지. 그리고 하얀 쌀밥에 볶은 김치. 그리고 하얀 쌀밥에 계란 후라이 넣고 간장에…
헤 헤헤 헤헤 헤헤 헤

어두운 터널을 통과해 드디어 예전의 나로 돌아온 것이다.
반갑다, 나여.

괴담보다 더 무서운 것

내가 초등학교 다닐 때 일이다.
지이야, 니 그 얘기 들었나? 김민지 사건 말이야.
어. 알아. 너무너무 무섭더라.

무슨 이야기인고… 하니.
한국조폐공사 사장의 딸인 김민지가 토막살인을 당하고, 범인은 끝내 잡히지 않았다고 한다.
저런!

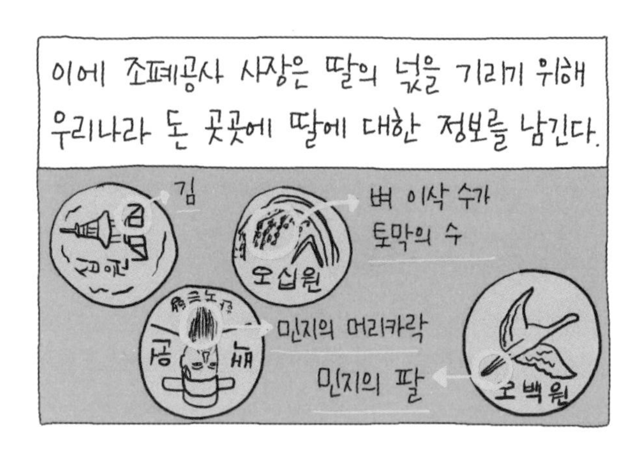
이에 조폐공사 사장은 딸의 넋을 기리기 위해 우리나라 돈 곳곳에 딸에 대한 정보를 남긴다.
김
벼 이삭 수가 토막의 수
오십원
민지의 머리카락
민지의 딸
오백원

천 원에는 영문으로 '민 min'이 쓰여 있대. 오천 원에도, 만 원에도 흔적이 남아 있대.
더 무서운 건… 그거 다 찾으면 밤 12시에 김민지가 찾아온대!
아아악

30년도 더 지난 지금, 문득 그 이야기가 생각나 웃음이 났다.
ㅋㅋㅋ
ㅋㅋㅋ
ㅋㅋ

하지만 지금 웃을 때가 아니다.
김민지고
나발이고…

수중에 천 원도 없는 게
더 무섭다.

어떻게, 보고 그릴
천 원이 없냐…

도서관에서 답을 찾다

앞으로 어떻게 먹고살아야 할까 고민이 되었다.
월세
통신비
관리비
생활비
보험료
공과금 …
가장 현실적인 방법은 하루빨리 취업하는 것.

하지만 다시 회사로 돌아갈 자신이 없었다.
너무 무섭고 힘들었다.
무슨 방법이 없을까?

집에서 가장 가까운 도서관을 검색했다.
동작구 도서관
동작도서관

그리고 물통 하나를 챙겨 들고 도서관으로 출발했다.
출바알!

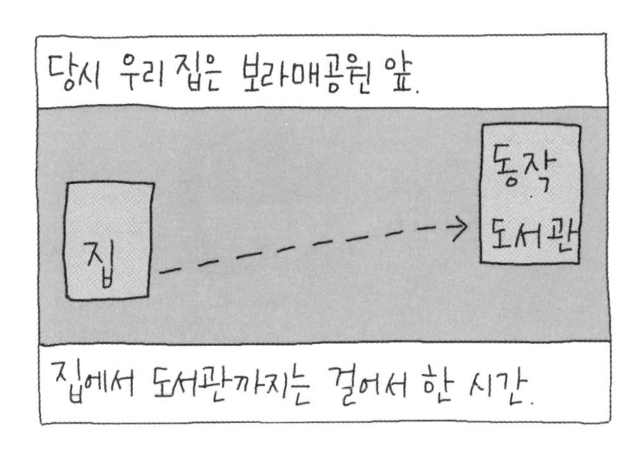
당시 우리 집은 보라매공원 앞.
집
동작 도서관
집에서 도서관까지는 걸어서 한 시간.

예전 같으면 당연히 버스를 탔을 테지만, 이제부터는 돈을 아껴야 했다. 걸을 수 있는 거리라면 무조건 걸었다.
한 시간 쯤이야 껌이지!

도서관에 문 열 때 도착해, 문 닫을 때까지 있었다.
공부를 그렇게 했으면 서울대에
못 감.
그렇게 꼬박 한 달을 도서관에서 지냈다.

심플하게 산다, 가난하게 우아하게 사는 법 등의 책을 모조리 섭렵하고 나니, 드디어 감이 잡혔다.
그래…
그러면 되겠다.

나는 할 수 있다아아아아
적게 벌고 적게 쓰면 되는 거야!
그럴 수 있다는 자신이 생겼다.

그래, 다시는 회사에 들어가지 않을래!

2

먹고살 길을
찾아 헤매고

이제 돈을 벌어야겠다

몇 푼 되지 않은 퇴직금이 빛의 속도로 사라졌다.
안녕, 퇴직금아…
사이버머니냐. 한 번 만져 보지도 못 했네.

이제 돈을 벌어야 했다.
월세도 내고
우렁이 농법 쌀
쌀도 사야 하니까.

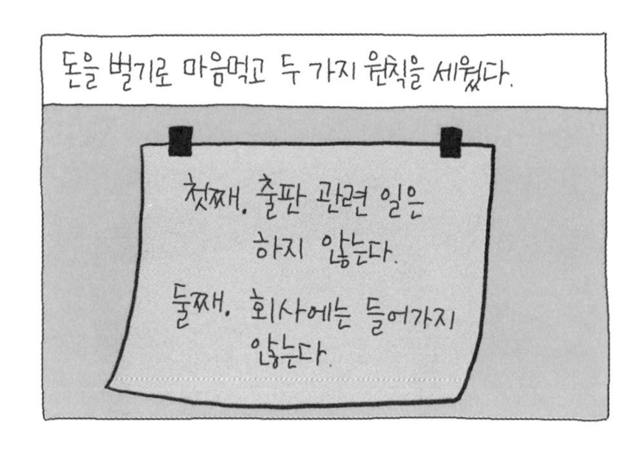
돈을 벌기로 마음먹고 두 가지 원칙을 세웠다.
첫째. 출판 관련 일은 하지 않는다.
둘째. 회사에는 들어가지 않는다.

그럼 무슨 일을 해야 할까?
사회에 나와 한 일이라고는 출판 일뿐인데…

매일 눈알이 빠져라 구인 광고를 보고 있는데 영국에서 공부할 때 만난 친구에게서 톡이 왔다.

카톡

지영(런던)

지영(런던)

언니야, 잘 지내나?
갑자기 언니가 생각나서

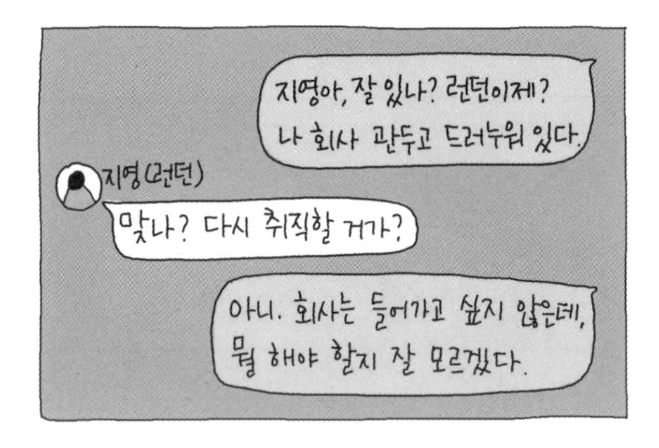

지영(런던)
출판사 일 받아서 프리랜서 하면 되지.
출판 관련 일은 하고 싶지가 않아서 말이야.
지영(런던)
그래? 언니야, 잠깐 기다려 봐.

잠시 후, 지영이한테서 다시 톡이 왔다.
지영(런던)
지영(런던)
내 조카가 지금 국어, 영어 과외 샘 구하고 있거든. 그거 언니가 해라.

그렇게 나는 다시 과외를 하게 되었다.
- 20여 년 만에 -

그것도 고2 남학생을…
꾸웨에에에엑

역시 돈 벌기는 어렵군

과외 학생은 정말 천재다.
나 진짜 여러 번 감탄했다.

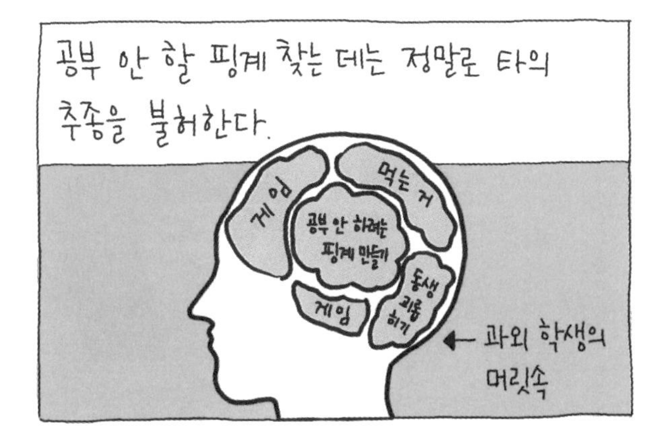
공부 안 할 핑계 찾는 데는 정말로 타의 추종을 불허한다.
게임
먹는 거
공부 안 하려는 핑계 만들기
게임
동생 괴롭히기
과외 학생의 머릿속

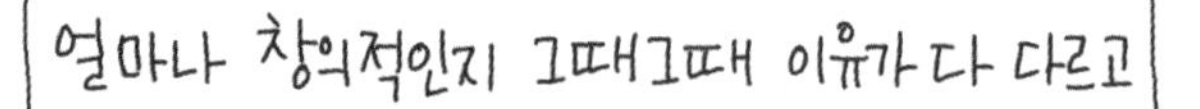

선생님, 오늘은 마음이 너무 아파서 수업하기가 좀 힘들 것 같아요. 제일 아끼던 지우개가 그만 없어져 버렸거든요. ㅠㅠ

그래? 처맞으면 몸이 아파서 마음 아픈 것쯤은 생각도 안 날 거야. 선택해, 몸이야, 마음이야?

주위 상황을 적절히 활용할 줄도 안다.
간만에 시골에서 할머니가 오셨는데, 저렇게 혼자 두는 것도 예의가 아닌 것 같아요. 제가 같이 있어 드려야겠어요.

효자 났네, 효자 났어.
할머니 방금 쇼핑 가셨다.

어떻게든 공부를 시켜보려고 달래고, 어르고, 화내고,
윽박지르다가 어느 날, 지쳐서 목소리를 깔고 말했다.

"분명히 열반은 있고, 또 열반에 가는 길도
있고, 또 그것을 교설하는 나도 있건만
사람들 가운데는 바로 열반에 이르는 이도
있고 못 이르는 이도 있다. 그것은 나로서는
어떻게 할 도리가 없다. 나는 다만
길을 가리킬 뿐이다."

내 말을 가만히 듣고 있던 학생이 말했다.
선생님, 그런데 그건 왜 얘기하는 거예요? 선생님, 부처님 믿어요?

샘, 피자 먹을래요?
나무아미타불 관세음보살…

샛별을 보며 길을 나서다

가진 거라고는 시간뿐인 내게 톡이 왔다.
지영(런던)
지영(런던)
언니야, 우리 언니네 공장에 나사 박으러 갈래? 이번 주말.
콜!

공장은 집에서 한 시간 반 거리. 초행길이어서 일찍 집을 나섰다. 한겨울 새벽이라 정말 추웠다. 샛별을 보며 부지런히 지하철역으로 향했다.

지하철은 차가운 공기를 가르며 달리고 달렸다. 그리고

지독한 길치인 나는 간신히 길을 찾아 공장에 도착했다.
아이고~ 일 시작도 안 했는데 벌써 되다.

땡! 오전 9시가 되자, 일이 시작되었다.

나도 간략하게 설명을 듣고 일을 시작했다.
회로판 같은 데에다 나사를 박는, 단순작업이었다.
하하하,
식은 죽 먹기군.

그런데...............
왠지
감이 오죠?

믿기 힘들겠지만, 일을 시작한 지 10분도
채 되지 않아 보직해임 되고 말았다.

남들은 전동드릴로 '드르륵 드르륵' 하며 잘도
나사를 박는데, 나는 자꾸만 '드르륵 삐빅'
하며 삑사리가 나는 것이었다.

그렇게 삑사리가 나면 그냥 망하는 거다.
나사 하나라도 불량이 나면 판 전체를
다 버려야 한다고 했다.

민망하고 속상했다.
나는 어찌 된 게
나사 하나 제대로
못 박을까. 이번
생은 정말 망한 건가.

기가 죽은 채 가만히 앉아 있으니, 담당자가 길게
한숨을 내쉬며 말했다.
저 따라오세요.

나는 모니터가 잔뜩 있는 곳으로 들어갔다.
자, 이렇게 컴퓨터랑 연결한 다음, 모니터에 나타나는 숫자를 쭈욱 체크하세요.

기준치를 벗어난 숫자가 보이면 불량이니까 빼두시면 돼요.
예.

이것만은 잘 해내야지, 하는 일념으로 각 항목의
기준치를 외운 다음 미친 집중력으로 임했다.

나는 눈이 너무 시리고 따가워서 실눈을 뜨고 말했다.
모니터만 쳐다보면 되는 일인데요. 그런데 눈에서 피가 나는 것 같아요.

내 말에 아주머니가 웃음을 터트렸다.
나는 거기 써 있는 글자가 보이지도 않아. 젊으니 얼마나 좋아. 부럽다, 정말 부러워.

아주머니의 말에 나는 웃으며 속으로 말했다.
젊지 않아요. 벌써
서른여덟이나
되었는걸요….

하지만 몇 년이 지난 지금 생각하니, 아주머니
말씀이 맞다.
내가 지금 서른여덟이면
쇠도 씹어 먹겠다,
이것아.

글쓰기를 가르치다

퇴사하고 바닥에 붙어 지내다가 일어나서
인터넷으로 '독서 치료' 수업을 들었다.

예전부터
공부하고
싶었거든요.

독서치료란?
문학을 이용하여 정신건강을
지킨다는 것으로서, 문학이 치료적
특성을 가졌다는 기본 가정 하에서

수업을 다 듣고 시험까지 치고 나니 수료증을 발급해 주었는데, 나는 속으로 조금 웃었다.

그런데 얼마 지나지 않아 그것이 나에게 큰 도움이 되는 일이 생기고 만 것이었다.

일거리를 찾아 이 사이트, 저 사이트를 돌아다니다가 한 복지관에서 낸 공고를 보게 되었다.

고등학생들과 글쓰기 수업을 하고 그 결과물을 책으로 만들어주실 분을 모십니다.

강사료는 많지 않았지만, 내가 충분히 할 수 있는 일이었고 기간도 길지 않은 3개월.

나는 기대를 안고 지원했고, 두 차례 면접을 본 다음 채용되었다. 그리고 강사료를 책정하는데…

생각지도 않았는데, 수료증 덕분에 강사료를 조금 더 받았다. 기분이 정말 좋았다.

돈을 더 받아서라기보다는, 쓸데없다고 여긴 수료증이 쓸모가 있어져서 기분이 참 좋았어요.

40명의 아이들과 수업을 하는 건 쉬운 일이 아니었다.

매우, 아주, 대단히 소란스러웠고

하지만 생생한 글쓰기를 위해, 아이들과 함께 현장 답사를 하며 지역 주민을 인터뷰했던 일이나
이 동네에 살며 불편한 점이 있다면 말씀해 주세요.
가로등이 너무 적어서 무서워요. 가로등이 많으면 정말 좋겠어요.

수업을 마치고 짜장면을 함께 먹으며 고민을 나누었던 순간들은 지금도 내 마음에 깊이 남아있다.
엄마가 저 때메 너무 고생하시는 거 같아서 제가 미워요.
좋아하는 교회 오빠가 있는데, 오빠는 하나님만 사랑할 거래요.
야, 그거, 너 싫다는 애기야 ㅋㅋ

하지만 뭐니 뭐니 해도 가장 큰 수확이라면
요즘 아이들이 사람 보는 눈이 얼마나 정확한지를
알게 되었다는 것이다.

거참… 녀석들,
사람 보는 눈은
제대로구나?
나는 아이들의 말에 부끄러워 몸 둘 바를 몰랐다.

그러면서 동시에 어떤 생각이 불쑥 머리를 들이밀었다.
설마…
혹시…
행여나…

아이들이 말하는
한예슬이랑
내가 생각하는
한예슬이 다른 건
아니겠지?

신종 욕인가…
한…
예…
슬…

빈 병을 줍다

멍 때리고 있는데, 갑자기 친구가 한 말이 생각났다.
야, 내가 마신술 술병만 팔았어도 63빌딩을 샀어.
이슬

친구 말이 웃겨서 피식거리다가, 진짜 술병 팔아서 63빌딩 샀는데, 그러고 바로 간암으로 죽을 수도 있겠다 싶어 억울하단 생각도 들고…
히히히…

그러다 순간! 아주 좋은 생각이 떠올랐다.
벌떡
왜 그 생각을 못 했지?

나는 배낭을 둘러매고 당장 밖으로 나갔다.
떠나자,
공병을 찾아서!

나는 매의 눈으로 사방을 둘러보며 걷다가
흐음…
일단, 집 앞 보라매공원으로 향했다.

예상대로 나무 벤치 옆에 병들이 보였다. 평소 같으면 이런 몰지각한 행태에 분노하였겠지…
처먹을 주둥이는 있고, 먹은 자리 정리할 손모가지는 없냐?

하지만 지금은 고맙기까지 했다.
복 받을껴.

그런데 병을 가방에 주워 담으며 좀 부끄러웠다.

그래서 이런 생각을 했다.
그래, 사람들은 지금 내가 쓰레기 줍는 봉사활동 하는 줄 알 거야.

이런 게 바로 누이 좋고 매부 좋은 거 아니겠어?
헤헷!

이젠 책도 판다

중고서점에서는 늘 책을 사기만 했는데, 회사를 그만두고는 중고서점에 책 파는 데 재미를 붙였다.

이게 다 얼마야.

가방이 너무 무거워서 가다가 쉬어야 할 때도 많았다.
으아…
토할 거 같아.
너무 무거워.
헥
헥

그렇게 당하고 후회를 해도 다음 날이면 또 가방이
터져라 책을 담아 날랐다.
헤헤…
이게 다
얼마야.

책장이 빌수록 주머니는 두둑해졌다.
헤
헤
헤

살다 보니 책에 크게 미련이 없었다.
괜찮아, 필요할 때 다시 사면 돼.
굶어 죽게 생겼는데 책이 다 무슨 소용이야.

이렇게 책을 팔아 어려운 시기를 잘 넘겼다. 그러고 보면 책은 마음의 양식일 뿐 아니라 정말로 양식이기도 한 것이다.

아휴, 배는 부른데 입이 심심허네…

오늘의 운세

아침 일찍 톡이 왔다.
한화이글스팬ㅠㅠ
임 작가, 무슨 띠요?
뱀띠요.

오늘의 운세.
한화이글스팬ㅠㅠ
77년생, 돈이 빠져나가니
쉽게 지갑을 열어서는 안 된다.
흠음…

한화이글스팬ㅠㅠ
안 맞는거 같소.
빠져나갈 돈이 없는데…
그러네…
그런데, 그건 귀하도
마찬가지 아니오?

한화이글스팬ㅠㅠ
그러네.
ㅋㅋㅋㅋㅋㅋㅋㅋㅋ
ㅋㅋㅋㅋㅋㅋ
ㅋ ㅋㅋㅋㅋㅋㅋ

파장

신경림

못난 놈들은 서로 얼굴만 봐도 흥겹다.
이발소 앞에 앉아 참외를 깎고
목로에 앉아 막걸리를 들이키면
모두들 한결같이 친구 같은 얼굴들
⋮

이렇게 되니, 시상이 떠올라 쓰지 아니할 수가 없다.

개 장

지이

내 페친들은 서로 프로필만 봐도 흉겁다.
과하게 뽀샵 효과 넣어 눈코입 다 사라진
셀카에 예쁘다 칭찬하고,
열받아 쓴 포스팅에 폭풍 공감하면
모두들 한결같이 실친 같은 페친들
돋보이고 싶은 욕망에 자꾸만 거짓말하는 페친,
돌리고 돌려 자랑질하는 촌스런 포스팅을 보면
왜 이렇게 자꾸만 차단이 그리워지나
나는 네가 지난여름에 한 일을 알고 있다고 댓글을 달까,
자랑은 대놓고 하는 게 좋다고 포스팅을 할까,
어느 페친 포스팅 댓글창에 모여 정답게 노닐다가
어느새 짧은 겨울해도 저물어
식구랑 저녁 먹는 이도, 술 약속 있는 이도 짬짬이 핸드폰 들고
다시 이야기 꽃 피우기 시작하는 페이스북, 개장.

쓰고 나니, 분석을 아니 할 수가 없다. 직업병…

- 제목: 개장
- 성격: 사이버적, 비판적
- 제재: 페이스북 페친들의 모습
- 주제: 다양한 페친들이 모여 있는 페북 세상을 살아가는 페북커들의 애환과 비통함
- 출처: 지이 임 페이스북

페북 생활에 대한 애정 → 내 페친들은 서로 프로필만 봐도 흉겁다.
과하게 뽀샵 효과 넣어 눈코입 다 사라진
셀카에 예쁘다 칭찬하고,
열받아 쓴 포스팅에 폭풍 공감하면
모두들 한결같이 실친 같은 페친들

다수의 페친들이 겪고 있는 페북 현실에 대한 비판 →

돋보이고 싶은 욕망에 자꾸만 거짓말하는 페친,
돌리고 돌려 자랑질하는 촌스런 포스팅을 보면
왜 이렇게 자꾸만 차단이 그리워지나.
나는 네가 지난여름에 한 일을 알고 있다고
댓글을 달까, 자랑은 대놓고 하는 게 좋다고
포스팅을 할까.

결국, 다시 출판일을 시작하다

출판 관련 일은 하지 않겠다는 처음 결심과 달리 프리랜서로 다시 출판일을 시작했다.

우리 출판사랑 같이 일합시다.

그… 그럴까요…

기획하고, 저자 섭외하고, 원고 피드백하고, 디자이너에게 발주하고, 교정교열까지… 정신 없이 일하던 어느 날, 메일을 확인하고 절망했다.

나는 크게 자책하며 실의에 빠졌다.
나는 왜 이리 꼼꼼하지 못할까?
나는 이 일에 적합한 인간이 아닌 것 같아.
나는 정말 멍청해.
다 그만둬야 할까?

하루 종일 괴로워하다가 저녁에 겨우 몸뚱이를 끌고 출판사 사람들과 만나는 모임에 갔다.
아……
너무 괴롭다.
가서 술이나 진탕 마시고 오늘 확…

나는 모임에 참석한 사람들에게 하소연을 했다.
제가 진행한 책에 오타가 있는 거예요. 아… 정말 너무너무 괴로워서 밥이 안 넘어가더라고요.

내 얘기에 한 출판사 대표님이 말씀하셨다.
에이, 어차피 일어난 일이니 잊으세요.
그러고 보면, 저는 처음 일을 배울 때 아주 잘 배운 것 같아요.

나는 눈을 동그랗게 뜨고 물었다.
어떻게 배우셨는데요?
그게 말이죠.

제가 자잘자잘한 거 신경 쓰며 보고 있으면, 회사 대표가 와서 큰 소리로 말하곤 했어요.

야, 무슨 헌법 만드냐?
대충대충 해.

그 이야기를 듣고 너무 웃겨서 눈물이 나도록 웃었다.
ㅋ ㅋ ㅋ
ㅋㅋ ㅋ ㅋ
ㅋ ㅋ ㅋ
ㅋ ㅋ ㅋ ㅋ
ㅋㅋㅋ
ㅋ
그런 배짱이 정말 부러웠다.

외주자인 내게는 맡은 책에 오타가 나지 않는 것이 매우 중요했다. 어쩌면 헌법 만드는 것보다 더.

편집자로서 자존심이 걸린 문제였고, 무엇보다 생계가 달린 문제였으니까.

작가들이여, 이러지 맙시데이

만화영화 <아톰>으로 유명한 애니메이션 감독이자 만화가인 데즈카 오사무.

담당 편집자
아, 그건 좀 곤란한데요, 선생님….
인간아, 니가 원고 마감 넘기고 제일 늦게 주는 바람에 원고 받자마자 인쇄 넘겼다고!!

하지만 데즈카 오사무는 고집을 꺾지 않았고, 담당 편집자는 불같이 화를 내는 인쇄소 직원을 간신히 달래서 가까스로 인쇄를 멈추고 원고를 회수했다.
스미마셍 --
저도 미치겠어요.

그러고 얼마 후, 데즈카 오사무가 수정한 원고를 보내왔고
담당 편집자는 수정 원고를 검토하는데…
어디 보자,
뭘 어떻게 수정하셨나…

수정 원고를 본 담당자는 분노하고 만다.
데즈카 오사무고
나발이고,
오늘 너 죽고
나 죽어 보자!

수정 전
수정 후
※ 실제로 잎사귀 두세 장을 수정했다고 한다.

창작을 하는 자가 완벽을 추구하지 않는다면 어쩌란 말인가.

1. 앞에서 죽었는데 이유도 없이 갑자기 살아서 돌아다닐 때
2. 앞에서 죽었는데 이유도 없이 갑자기 살아서 돌아다닐 때
3. 앞에서 죽었는데 이유도 없이 갑자기 살아서 돌아다닐 때

나의 소울메이트, 막걸리

부처님은 어머니인 마야 부인의 옆구리에서 태어나시고,
태어나자마자 동서남북으로 일곱 걸음을 하셨다. 그리고
오른손과 왼손으로 각각 하늘과 땅을 가리키며 말씀하시길,

노자의 어머니는 회임한 지 81년 만에 자두나무
아래를 거닐다가 왼쪽 옆구리를 가르고 노자를 낳았다.
노자는 이렇게 연로하셔서 태어난 만큼,
태어날 때 이미 흰 수염과 흰 눈썹을 달고 계셨다.

여기, 또 하나의 탄생 비화가 있다.
내가 어릴 때, 우리 엄마는 내게 이런
이야기를 자주 들려주었다.

그러면 나는 화들짝 놀라며 엄마에게 물었다.
진짜? 왜에? 내가 곤쥬미(공주님)라서? 구두는 핑크색이야? 리본도 달려 있었어? 목걸이는? 목걸이도 있었어?

어… 그래… 구두는 핑크색이고 레이스로 된 리본도… 목걸이는 반짝반짝…
우아! 진짜?

나는 수시로 엄마에게 그 이야기를 들려달라고 했다.
엄마, 엄마, 나 태어났을 때 이야기해줘. 공쥬미 옷 입고 태어난 거 말야.

그러면 엄마는 마치 처음처럼 이야기를 들려주었다.
우리 지이는 태어날 때부터 공주님 드레스랑 반짝반짝 예쁜 구두를 신고 있었어.

그렇게 엄마와 나는 그 이야기를 수천 번 반복하였다.
엄마, 나 곤쥬미지?
곤쥬미!
곤쥬미!

그런데 세월이 흐르고 이야기가 반복되다 보면,
대개 그 내용도 변하게 마련인데

나의 탄생 비화도 예외는 아니었다.
어이구…
저건 태어날 때부터
막걸리 병을
들고 나오더니만….

언제는
공주라더니….
장수

우리 엄마와 나에게

초반 힘든 시기를 잘 넘겼다고 생각했지만, 아무렇지 않은 건 아니었다. 평온하다가도 불쑥불쑥 찾아오는 불안한 감정 때문에 괴로웠다.

전화해서 실없는 소리도 하고, 푸념도 늘어놓고
울기도 했는데, 엄마는 모든 걸 묵묵히 들어주었다.

그러고는 멀리 떨어져, 그렇게 지내고 있는
딸이 걱정되었는지 수시로 내게 전화를 했고,
또 술 마셨나?
딱 목소리가 마셨구만.
요새 왜 그렇게 술을
마시노? 속상해죽겠다.

잔소리를 했다.
또 마셨나? 밥을 먹으라고. 왜 자꾸 술을 마시노? 어?
아, 몰라…
장수

나는 가뜩이나 힘든데, 자꾸만 잔소리를 하니
짜증이 머리끝까지 차올랐다.

그래서 그만, 하지 말아야 할 소리를 내지르고 말았다.

엄마, 내가 지금 술이라도
마시니까 살아 있지…
아니면 벌써 확 죽었을 거야!

그 뒤로 엄마는 내게 술 마시지 말라는 소리를 다시는 하지 않았다.
안주할 거는 있나? 빈속에 먹지 말고… 알았제?

그 일이 떠오를 때마다 정말 후회된다.

하지만 그때의 나도 오죽했으면 그랬을까 싶어
생각하면 가슴이 아리다.

그런 딸내미 보느라 속상했을 우리 엄마도
꼬옥 안아주고 싶고,
엄마,
미안…

고통의 날들을 보내고 있던 그때의 나도
꼬옥 안아주고 싶다.
대견해.
잘 견뎠어.

장수

3

평일 낮 시간이 내 것이 되었어

이제 낮 시간을 즐기자

굶어 죽을 지경을 벗어나고 나니, 그제야 실감이
되었다. 평일 낮 시간이 내 것이 되었다는 사실이.

내게도 이런 행복이 오다니. 믿기지가 않았다.

지금까지 살면서 딱히 좋은 일을 한 거 같지는 않으니
아마도 전생에 큰 복을 지은 건가 싶기도 하고…

하하 하하

이번에도 자네 덕에 살았어. 고마우이.

고맙긴. 친구 좋다는 게 뭔가.

평일 낮 시간에 다니면 참 좋다. 어딜 가도 주말만큼 붐비지 않고,

평일 낮 시간에만 열리는 강좌를 듣거나 모임에 참석할 수 있다.

나는 가만히 앉아, 평일 낮 시간에 하고 싶었던 일들을 적어 보았다.

- 카페에서 책 읽기
- 박물관 가기
- 미술관 가기
- 독서 모임 하기
- 피아노 다시 배우기
- 영어 공부 하기

박물관에 가다

지인들과 국립중앙박물관에 갔다.

『구석구석 박물관』의 저자이며, 국립중앙박물관을 수백 번도 넘게 들락거린 분이자, 초원에 홀려 7년 동안 몽골 구석구석을 누빈 박찬희 선생님의 설명 덕분에 전시를 참으로 알차게 볼 수 있었다.

몽골 사람들의 겨울옷이 전시되어 있는 곳에 이르자
박찬희 선생님이 우리에게 물었다.
몽골 사람들이 겨울에 제일
무서워하는 게 뭔지 아세요?

눈?
오랜 추위?
거센 바람?
선생님의 질문에 모두 머리를 굴려 답을 생각하고 있는데
일행 중 한 분이 자신있게 대답했다.

외로움?

• • •

그때, 나는 감히 짐작할 수 있었다.
저분은 분명 외로울 것이다.
어떤 예언자도 자기 고향에서는 환영 받지 못한다고 하지 않던가.

끄덕 끄덕
얜 또 왜 이래?
또라이들…

샹송을 배워 보았어

회사를 그만 두고 방바닥에서 몸을 뗄 수 없었는데,
어느 순간, 이러다 죽을 수도 있다는 생각이 들었다.

무기력

아이고, 힘도 하나도 없고 너무 우울하구나.

그렇게 고민하다 보니, 순간 좋은 생각이 떠올랐다.
하하하하, 대안연구공동체! 대안연이 있었어.
벌떡!

인문학을 비롯해 여러 공부를 함께하는 대안연구공동체. 몇 해 전, 순대국밥 집에서 만났던 김간디(가명) 기자님이 신문사를 그만 두고 운영하는 곳이었다.
여기 순대국 억수로 맛있니더.
여기요!
맛있능교?

낯선 곳에서 모르는 사람들과 만나는 게 두려웠는데
대안연구공동체라면 안심이 되었다.

갑자기 몸에서 힘이 솟았다.

나는 얼른 일어나 대안연 인터넷 카페에 들어가서 어떤 수업이 열리고 있나 살펴보았다.
니체, 스피노자, 화이트헤드, 라캉, 프로이트, 지젝, 푸코, 아도르노,
벤야민, 러셀, 칸트, 하버마스, 데리다, 퐁티, 로크, 라이프니츠, 들뢰즈…

철학 수업이 주를 이루는 가운데, 어학 수업과 각종 스터디나 동아리 활동도 활발했다.
프랑스어
독일어
일본어
희랍어
학술 글쓰기
문학 글쓰기
비문학 글쓰기
영화감상
영어원서 읽기 모임
우와…

수많은 강의와 공부 모임 중에서 하나가 눈에 띄었다.

* 샹송 암송반_ 샹송으로 프랑스어를 배워 보아요. *

내가 명색이 불어불문학과 졸업생이니, 샹송 배우기는 크게 부담스럽지 않았다.

그렇게 가벼운 마음으로 갔지만, 대안연이 있는 건물에 도착하자 발걸음이 떨어지지 않았다.

사람 만나는 걸 꺼리는 내가 과연 잘할 수 있을까? 더구나 다 처음 보는 사람들인데…. 겁이 났다.

괜찮아. 여긴 좋은 분들이 많을 거 같아.

힝… 자신 없어. 그냥 돌아갈까?

나는 한참을 망설이다가 떨리는 가슴을 부여잡고 대안연의 문을 살짝 열었다.
빼꼼
안녕하세요?
저…………
상송 모임
왔는데요……

아, 어서 오세요.
그런데 어쩌죠?
왜…
왜요?

대안연구공동체 김간디 대표님이 난처한 표정으로 말했다.
원래 샹송 암송반인데요, 오늘만 특별히 중국어 노래를 배울 거거든요.
아, 예…

나는 이것은 일종의 계시일지도 모른다고 생각했다. 공부하지 말라는 계시. 나는 계시에 순응하기로 했다.
저, 중국어 하나도 모르거든요. 방해만 될 거 같아서… 저는 그럼 다음에…

하지만 실패. 내 속도 모르고 대표님이 해맑게 말했다.
괜찮아요. 오늘 중국 노래 가르칠 선생님 빼고 중국어 아는 사람 아무도 없어요. 배우면서 하는 거예요. 같이 하세요.

예….
나는 대표님의 말씀에 순응하기로 했다.

수업에 들어가고도 싶고, 도망가고도 싶은 맘 사이에서 갈팡질팡하는 동안 수업이 시작되고 말았다.

안녕하세요? 오늘 배울 노래는 '주화건'이라는 중국 가수가 부른 〈펑요〉라는 곡이에요.

나는 소심하게 아주 작은 소리로 노래를 부르기 시작했다.

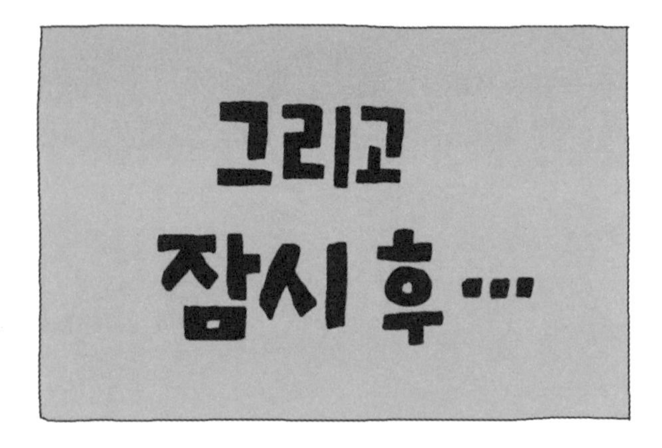
그리고
잠시 후…

나는 미친 듯이 노래를 따라 부르고 있었다.
쩌 씨에 니엔 이 거런 펑 예
요우 구어 레이 요우 구어 추어 하이 지 더 지엔츠
쩐 아이 차이 훼이동 훼이지 모 훼이
나 짜이 씬 쫑
펑 요우 이셩 이 치 조우 나 씨에 르즈 부 짜이 요우
이 쥐 화 이 베이즈 이셩 칭 이 베이 지우
펑 요우 부 청 구 단 구어 이 셩
구어 위 예 조우

노래를 가르치던 선생님이 놀라며 말했다.
지이 샘, 굉장히 열정적이시네요!
쏘울충만

가수의 운명은 그가 부른 노래 제목을 따른다고 했던가?
가수뿐 아니라, 그 노래를 따라 부르는 사람의 운명도
노래 제목처럼 되는지도 모르겠다.

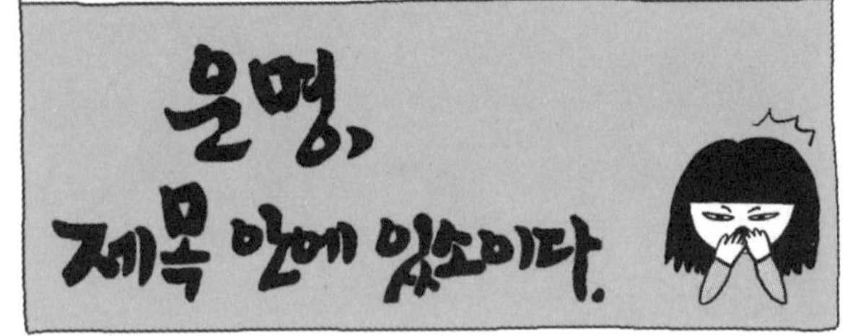

나는 그날 배운 노래 제목처럼, 함께 있던 사람들과
금세 '펑요(친구)'가 되었으니까.

내가 걷는 이유

회사를 그만두고, 운동을 해야지 싶었다. 그래서 가장 쉽고 만만한 '걷기'를 시작했다.

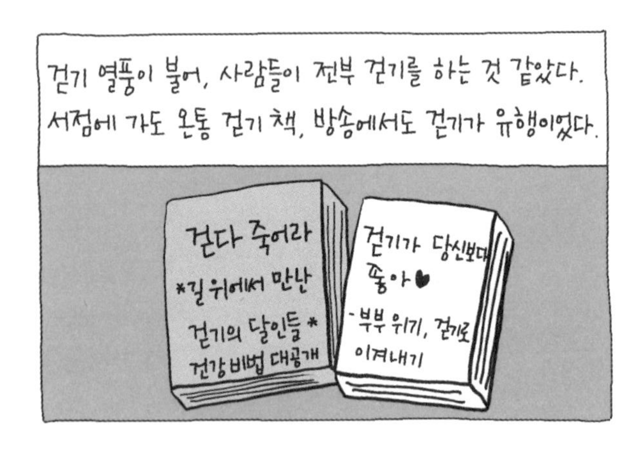
걷기 열풍이 불어, 사람들이 전부 걷기를 하는 것 같았다.
서점에 가도 온통 걷기 책, 방송에서도 걷기가 유행이었다.
걷다 죽어라
*길 위에서 만난
걷기의 달인들*
건강비법 대공개
걷기가 당신보다
좋아♥
-부부 위기, 걷기로
이겨내기

산티아고 순례길도 걷고, 강가도 걷고, 동네 뒷산도
걷고, 둘레길도 걷고, 숨은 골목길도 걷고, 걷고 걸었다.
거기까지는
괜찮아요.
그런데…

걷다가 자꾸 뭘 찾는다.
진정한 행복
잃어버린 꿈
내면의 평화

아휴…. 자꾸만 뭘 그렇게 길 위에서 찾아싸…

그래도 걷기는 좋은 점이 참 많다. 몸이 찌뿌둥하면 나는 펜을 놓고 걸으러 나간다.

나는 몸이 재산이여.
이거라도 잘 지켜야지.

늘 운동하는 장소에 도착하면, 목도 돌리고 다리도 쫙쫙 펴가며 스트레칭을 한다.

몸을 풀려고 걷기도 하지만, 일을 하다가 막히면
무작정 나가 걸었다.

걸으며 잘 풀리지 않는 부분을 고민할 때도 있고, 아예 작업에 관해선 생각하지 않을 때도 있는데
세상에! 흰민들레다! 방금 흰 민들레 한번 봤으면 좋겠다고 생각했는데!!
*연트럴파크에서 흰민들레 발견한 날

그렇게 걷고 돌아와서 다시 일을 시작하면, 매번 안 풀리던 부분이 놀랍게도 쉽게 해결된다.
이 맛에 자꾸만 걷는다니까요.

집 안에 환기가 필요하듯 내 머릿속에도
환기가 필요한 거겠지.

오빠, 궁금한 게 있어요

걷다 보면 이 생각 저 생각 오만 가지 생각이 다 나는데,
한 날은 불쑥 옛 기억이 떠올랐다.

아련하다,
아련해….

공짜 마사지 쿠폰 받았어. 가면 마사지도 해주고 피부 상태 측정도 해준대. 코코코리안 코스매틱에서 하는 거니까 믿을 수 있어. 괜찮아.
오, 그렇구나. 가자!

오키와 나는 수업이 끝나자 명동으로 향했다.
코코코리안 코스메틱
2F
여기야.
응.

2층으로 올라가 쿠폰을 보여줬더니, 담당 직원이 뛰어나와 우릴 반겼다.
어머, 오셨군요. 친구도 데려 오셨네?
나한테 쿠폰 주신 분이야.

마사지는 광속으로 끝났다.
대충
대충
크림 한 번 바르고 휴지로 쓰윽 닦아내니 끝이네… 끄응…

그리고 마사지를 마친 직원은 이상한 기계를 가져와서
우리 얼굴에 갖다댔다.
여기 모니터를 보세요.
이게 본인 피부 속이에요.
헐… 완전 썩었는데?

겉으로는 깨끗하니까
문제없어 보이지만,
색소 침착된 거 보이죠?

하지만 걱정 말아요.
색소 침착에 아주 효과가
좋은 기능성 화장품이
있거든요. 어릴 때부터
관리해 줘야 해요.
나이 들어 큰돈 들여봐야
소용없어요.

그러더니 직원은 우리에게 화장품 여러 개를 담은
쇼핑백을 건네고는 지로용지도 야무지게 챙겨주었다.
안녕~~~!

오키와 나는 말없이 화려한 명동거리를 걸었다.
난 왜 이렇게 바보 같을까….
왜 안 산다고 말을 못 했을까.

어떻게 말해? 마사지까지 받았는데!!!
길거리 음식을 먹으며 조잘대던 여느 때와 달리, 우리는 말없이 헤어져 각자 집으로 향했다.

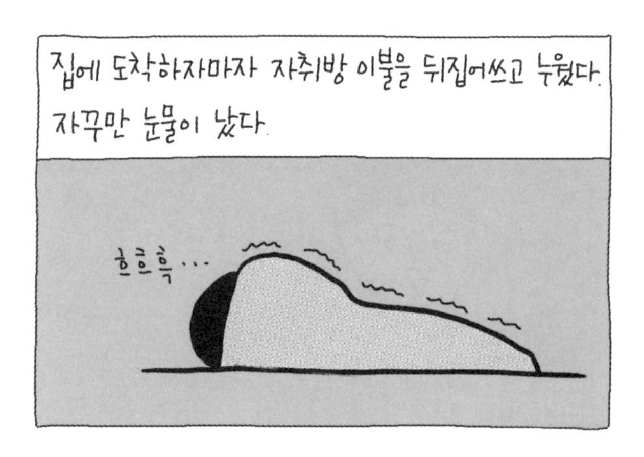
집에 도착하자마자 자취방 이불을 뒤집어쓰고 누웠다.
자꾸만 눈물이 났다.
흐흐흑…

그때, 전화벨이 울렸다.
여보세요?
예…
아니요, 안 아파요.
누워 있어서 그래요.

동네 오빠였다.
저녁은 묵었나? 안 무쓰면 나온나. 같이 묵자.

도무지 밥 먹을 기분이 아니었다.
아니에요, 안 먹을래요. 입맛이 하나도 없어요.

내 말에 오빠는 화들짝 놀라며 말했다.
니 진짜 뭔 일 있제? 니가 우째 입맛이 없노? 안 되겠다. 잠깐 집 앞으로 나와 봐봐.
아, 뭐고. 귀찮구로….

집 앞으로 나갔더니 동네 오빠가 벌써 와 있었다.
니 울었나? 말해 봐라. 내가 해결해 줄게.
돼써요. 암것도 아니에요.

남자한테 차였나?
차일 남자가 없어요…

아니면 뭐… 사채 같은 거 썼나? 도박했나?
하이고, 답답시럽데이. 말을 좀 해봐라.

나는 동네 오빠에게 오늘 있었던 일을 털어놓았다.
그래 가지고, 그거를 전부 사야 돼요. 싫다고 말도 못 하고… 빙시 맹크로…

내 말을 다 들은 오빠가 크게 웃으며 말했다.
야이 바보야. 뭐 그런 거 갖고 울고 그라노? 내 오늘 과외비 탔거든? 그걸로 사라! 내 과외 억수로 많이 하는 거 니도 알제? 돈 쓸 데가 없어.

그걸로 오빠 옷이나 좀
사입으세요….
끄응~
그 와중에
팩폭!

저녁도 안 무겄다메…
뭐 먹고 싶은 거 없나?
없어요.

근데요……

딸기가 쪼메…
먹고 싶은 거
같기도 하고요…

이 계절에
딸기가 어딨노?

내 말에 오빠는 갑자기 급한 일이라도 생긴 것처럼 벌떡 일어났다.
다 잊고 한숨 푹 자라.
자고 나면 기분 풀릴 기다.
잘 자래이~
예….

방에 들어와 다시 이불을 뒤집어쓰고 누웠는데, 잠시 후
또 전화벨이 울렸다. 받아 보니 아까 그 오빠였다.
3분 후에 집 앞으로
좀 나온나.

그리고 3분 후….
와요?

딸기우유
자, 이거라도 무라.
딸기는 암만 찾아도
없더라.

잘 자고. 내 도움 필요하면
언제든지 삐삐 쳐라.
알았제? 울지 말그래이.

오빠 · · ·

요즘도 아주 가끔, 이 오빠 생각이 난다.
잘 지내나?
히힛…

오빠를 다시 만난다면 물어보고 싶다.
저… 오빠…

오빠, 진짜로
팔기 없었어요?
진짜로?

장욱진과 유영국을 만나고

회사를 그만 두고 미술관에 다니다 만난 화가 중에 가장 기억에 남는 사람이 둘 있다.

장욱진 화백의 그림은 경기도 양주에 있는 '양주시립장욱진미술관'에서 만났다.

장욱진 화백의 그림은 친근하고 편안하다.
주로 새, 나무, 가족을 소재로 그림을 그렸는데

소박하고 정다운 눈길, 따스한 사랑이 느껴져
보는 내내 입가에 미소가 머물렀다.

유영국 화백의 그림은 강원도 원주에 있는
'뮤지엄 산'의 전시에서 만났다.

유영국 화백은 산이나 호수, 나무 같은 자연을 간결한
기하학적 형태로 그렸는데, 그림에서 에너지가
뿜어져 나온다.

나는 유영국 화백의 그림을 보는 순간, 숨이 멎는 듯했다. 한눈에 반해 버렸다.

그런데!

휴대폰으로 유영국 화백에 관해 알아보던 나는
너무 놀라 잠시 말문이 막히고 만다.

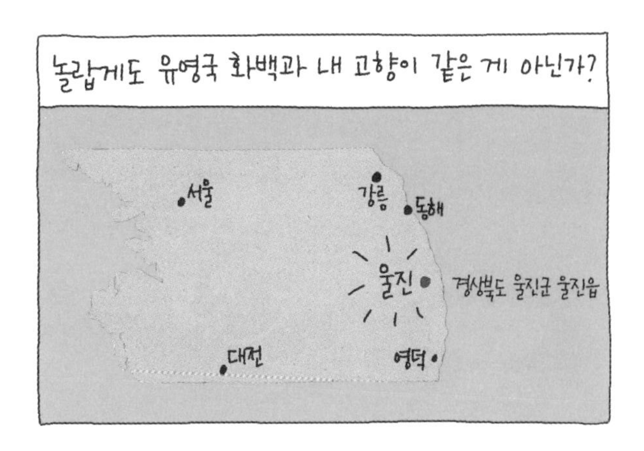
놀랍게도 유영국 화백과 내 고향이 같은 게 아닌가?
서울
강릉
동해
울진
경상북도 울진군 울진읍
대전
영덕

엄마가 가끔 말했던 '우리 동네 유 화백'이 바로 유영국 화백이었던 것이다!
아, 기억난다. 엄마랑 드라이브 갔다가 무슨 화백 생가터 팻말 본 거!
짝 짝 짝
유영국 화백 생가터
100M

나는 다시 한번 감탄했다.
울진. 정말 대단한 곳이로다.
그 작은 시골에서 이렇게
멋진 사람이 둘이나 나다니!

유영국 화백 말고
또 누구?
누구긴 누구야,
나지.

영어 공부를 해 보았다

새해를 맞이하며, 올해 이루고 싶은 것을 적었다.
1. 다이어트
2. 영어 공부
3. 역사 공부

이 세 가지를 십 년도 넘게 적고 있는 것 같다.
혹시 다음 해에 쓸 게 없을까 봐
일부러 안 하고 미루는 건 아닐까?
그래, 하늘이 알고 내가 안다.
개소리 그만 하자…

점검을 해보자면 이렇다.
1번 다이어트는 시도조차 안 해봤고,
2번 영어공부는 한 번 도전해보았고,
3번 역사공부는 해보려고 책만 잔뜩 샀다.

'2번 영어 공부' 썰을 풀어보도록 하겠다.
벌써 부끄럽네요.

대안연구공동체에서 열린 '영어 텍스트 암기반'에 등록했다. 영어 공부에 텍스트 암기만큼 좋은 방법이 없다고 생각했기에 등록하는 데 조금의 망설임도 없었다.

내일은 암기왕

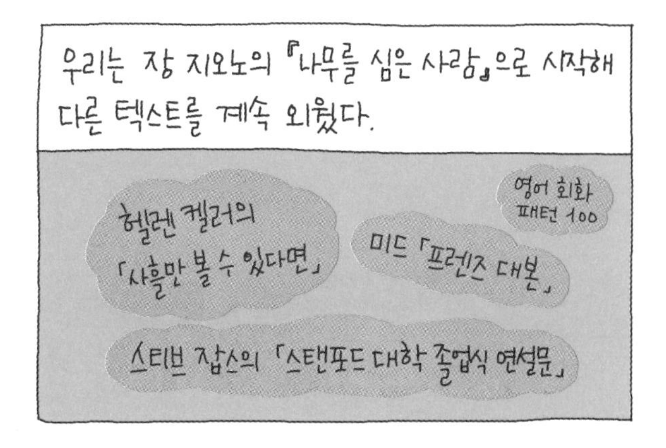

텍스트를 통으로 외우는 일은 그야말로 자기와의 싸움이었다.
야, 이런 걸 왜 시작해서 이 고생이야? 어? 짱나!
아, 뭐래.

텍스트를 몇 가지 외우고 나자, 너무 힘든 나머지 슬슬 꾀가 나기 시작했다.
이 정도면 충분해. 내가 무슨 부귀영화를 보겠다고...
그럼 그럼, 넌 최선을 다했어...
끄덕끄덕

그러던 차에, 모임을 이끄는 선생님에게서
메일이 왔다.

DAUME MAIL
제목: 다음 시간에 외울
텍스트 보냅니다.

파일을 확인하자마자, 나는 선생님께 문자를 보냈다.
선생님, 이번 텍스트는 「마가복음」이네요. 저는 종교적인 이유로 이번 수업은 빠질게요. 죄송해요. 그럼, 다음 시간에 뵐게요.

나는 흡족해하며 방바닥에 드러누웠다.
히힛, 자연스러웠어. 이러면 억지로 외우라고 하지 않겠지?

그러고는 찝찝한 맘을 달래려고 계속 속으로 변명을 늘어놓으며 정신승리를 했다.

괜찮아, 이 정도 했으면 됐어. 외우면 뭐해. 다음 날이면 다 까먹는데.

그러다 설핏 잠이 들려는데, 메일 알람 소리가 들렸다.

나는 얼른 메일을 열어 보았다.
제목: 영어 모임 공지입니다.
오늘 보내드린 「마가복음」을 개인 사정으로 꺼리는 분이 계십니다. 하여, 다른 텍스트도 함께 보내드립니다. 그럼 다음 시간에 뵐게요.

뭐?
다른 텍스트?
나는 벌떡 일어나 첨부 파일을 열어보았다.

THE DIAMOND SUTRA
section 1.
convocation
assembly
……
금강경

그리하여 나는 「금강경」을 영어로 외울 줄 아는 사람이 되었다…….

일본어도 배우고 싶었다

대안연구공동체에서 초급 일본어 강좌를 듣기 시작했다.
일본어는 고등학교
다닐 때 배웠으니까
그나마 좀 쉽겠지?
쉽다쉬워
일본어

그러나 그것은 나만의 착각.
오늘 점심에 뭐 먹었는지
기억도 못 하는 주제에
고등학교 때 배운 거
믿고 깝치다니…
미쳤구나 미쳤어….

아무것도 기억이 나지 않아, 나는 일본어 문자인
'히라가나'부터 전부 다시 외워야 했고,
아무리 봐도 그놈이 그놈인디…
ぬ め ね れ わ

외국어를 표기할 때 주로 쓰는 문자인 '가타카나'를
외울 때는 시도 때도 없이 욕을 하고 있었다.
가타카나 쌍쌍바, 십장생아
정신 차리라고! 가타카나는 죄가 없어!

불행히도 외워야 하는 건 히라가나와 가타카나뿐이 아니었다. 모든 언어 공부가 그러하듯 단어도 외워야 하고 문법도 외워야 해서

수업 하루 전날은 일본어 예습과 복습, 수업 준비에 시간을 몽땅 바쳐야만 했다.

꿈나라
일본어 예습
일본어 복습
내가 고3 때도 이렇게는 안 했다고.

그러던 어느 날, 하필이면 일본어 수업 전날에 일정을 조율할 수 없는 일이 생기고 말았다.

아, 외울거 대박 많은데, 하필이면 수업 전날에 일이 생기냐. 아이고, 지긋지긋한 먹고사니즘…

…

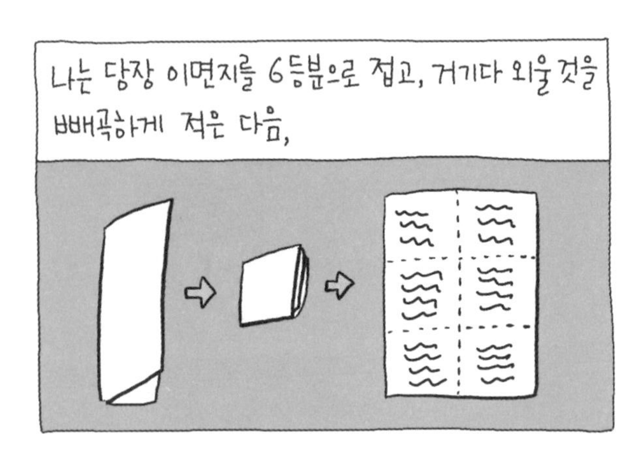
나는 당장 이면지를 6등분으로 접고, 거기다 외울 것을
빼곡하게 적은 다음,

일하러 가는 길, 지하철 안에서 그 종이를 보며
일본어를 외웠다.
아이우에오
카키쿠케코
사시스세소
타치츠테토
나니누네노
하히후헤호
마미무메모
はい, ほんとうです.
お名前は何ですか
何から始めましょうか.
なんのごようけんでしょうか.

그리고 잠시후 도착한 행사장. 애석하게도 자리에 앉아 조금도 딴 짓을 할 수가 없었다.

속으로 안타까워하며 눈알만 굴리고 있는데, 이게 웬일인가? 나는 너무나 놀라고 말았다.
럴수럴수
이럴수가

내 앞에 앉은 아주 아주 덩치 큰 사람의 넓디 넓은 등판에 일본어가 잔뜩 적혀 있는 게 아닌가.
共産党宣言はマルクスと
エンゲルスによって作成された.
レヴィ=ストロースは,

순간 어떤 생각이 뇌리를 스쳤다.
간절히 원하면
온 우주가 도와준다.

나는 정신을 차리고, 앞자리에 앉은 이의 등판을 보며
가타카나 읽기 연습을 시작했다.
共産党宣言はマルクスと
エンゲルスによって作成された.
レヴィ=ストロースは,
마루쿠스
엔게루스
레비 스토로오스

그런 다음 지하철에서 외운 동사들을 하나하나 머릿속에 떠올리며, 시험 보듯 체크해보았다.

그리고 나니 도무지 헷갈려서 외워지지 않는 단어가 몇 개 남았다.

역시 간절히 원하면 온 우주가 도와주는 걸까?
나는 잠시 고민 끝에 획기적인 방법을 찾아냈다.

지이 샘과 함께하는
기적의 미친 암기법

확!
어린 노미 술을 마셔?
노미마스 --> 마시다

노리 공원에서 기구를 탔다.
노리마스 --> 타다

이런 생각을 해낸 나를 칭찬하며, 지루하고 아까운 시간을 알차게 보냈고,

이렇게 나는 조금의 노력과 엄청난 잔머리로 일본어 초급반을 무사히 마쳤다.

동화를 쓰다

동화가 쓰고 싶었다. 오래전부터 이야기 하나가 머릿속에 맴돌았는데, 으스스하면서도 따뜻한 이야기였다.
따스한 거 맞냐?
으아아악

그 이야기를 시작으로 동화 쓰기에 빠져 몇 달을 시간 가는 줄 모르고 지냈다.
요리조리 구상을 하고, 머릿속에 정리해 둔 걸 풀어내는 게 재밌어요.

글을 쓰면서 『노인과 바다』로 퓰리처상과 노벨문학상을
받은 작가, 헤밍웨이의 말을 계속 되뇌었다.

모든 초고는
쓰레기다.

kilogram

쓰레기 양산 중

동화를 쓰며, 글 쓰는 재미 외에 또 다른 재미를 발견했다.
일명 '창작의 고통에 몸부림치는 대작가 놀이'.

초고를 쓰는 중에 종종 이 놀이에 빠져들어, 초고를 읽어 주는 지인에게 문자를 하곤 했다.

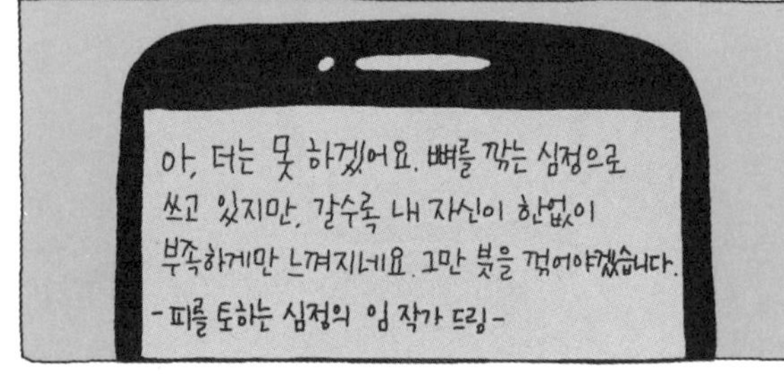

그러면 그분도 진지하게 답을 했다.
그렇게 힘들어서 어떡하나요. 잠시 쉬어 가는 것도 좋은 방법이에요.
창작의 고통…
우웨에엑

그러면 나는 몇 시간쯤 기다렸다가 답을 보냈다.
제 글을 기다리는 독자들을 생각하며 다시 글쓰기라는 가시밭길을 묵묵히 걸어가 보렵니다. -독자들의 사랑에 몸둘 바 모르는 임 작가 드림-
비장미…

나는 걸핏하면 글 쓰는 게 얼마나 힘든 일인 줄 아느냐고
잘난 척을 해대다가
잘 모르시나 본데,
글 쓰기란 말이죠…
힘들다,
힘들어
지인
←평생 글 쓰고 있는 분

그러다 또 절필을 선언하고
말리지 마셈.
다시 쓰면,
내가 인간이
아니다.

그러고 5분도 안 돼서는 또 문자를 보내고….
결국 글을 쓰는 게
제가 사는 길이더군요.
살기 위해 쓰겠습니다.
아, 그만 좀해!

내가 그 짓을 하는 동안, 지인의 심정은 이러했다고
전해진다.
노벨문학상 수상자도
이렇게까진 안 하겠구만…

집도 꾸며 보았다

길을 가는데, 식당 주인이 아주 커다란 양철 깡통을 가게 앞에 내놓고 있었다.

언니네 파스타

토마토 소스

나는 잠시 고민하다가 용기를 내어 물었다.

나는 커다란 비닐 봉지를 얻어, 거기다 그 깡통들을 넣고 덜거덕덜거덕 소리를 내며 집까지 걸어왔다.

돈이 없으면 가오도 없다!

그렇게 탄생한 화분은 생각보다 훨씬 근사했다.
우아, 예쁘다.

나는 이렇게 버려진 걸 줍거나, 집에 있는 것을 재활용해서 집을 꾸몄다.
못 입는 청바지와 버려진 나무 판으로 만든 액자.
식물도 버려진 걸 줍거나 가지치기해서 버린 걸 주워다 키움

그러던 와중에 크리스마스가 다가오고, SNS 여기저기서
크리스마스트리 사진이 속속 올라오고 있었다.

나도 트리를 만들어 연말 분위기를 내고 싶었지만
꾹 참았다. 한두 가지 사서 해결될 게 아니었다.

잠깐의 즐거움을 위해
그 큰돈을 쓸 수는 없지.

그렇게 연말 분위기 연출에 대한 미련을 버리고
무기력하게 하루하루를 보내던 어느 날,

와아!

기가 멕히는
아이디어가
떠올랐다.

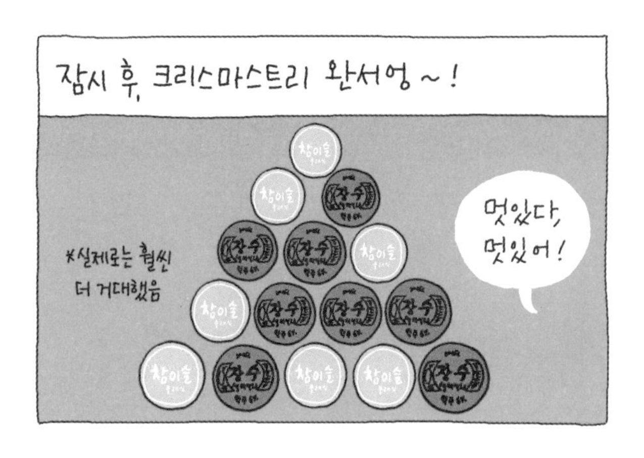
잠시 후, 크리스마스트리 완서엉~!
멋있다, 멋있어!
*실제로는 훨씬 더 거대했음
참이슬
장수

시간이 많으니까 창의력이 샘솟는다.
역시 창의력은 잉여의 산물인 것이야!
그런데 참 이상하다~
막걸리는 그렇다 치고,
소주는 안 마시는데
빨간 뚜껑은 왜 있냐…

용기를 내어 피아노를 다시 배우다

30년 만에 다시 피아노 레슨을 받기 시작했다. 다시 배워야지 배워야지 마음만 먹다가 드디어 실행에 옮긴 것이다.

연습실에서 그날 배운 부분을 더듬더듬 치다 보면
어느 순간, 어김없이 비명소리가 들려온다.
끼야아아아아아아
아아악
시간이 되었군.

그 소리를 시작으로 무언가 거대한 것이 몰려오는 듯한
소리가 뒤이어 들린다.

초등학생들이 학교 후에 들이닥친 것이다.
음악 학원
꺄아아악~

순식간에 학원은 온갖 소리로 가득 차고
으아아악!
우아앙
꺄르르르~
오하하하

희한한 광경이 펼쳐지는 정글로 바뀐다.
피아노 위에 앉아 있는 아이
복도에 널부러진 아이
(한겨울에 맨발)
선생님 머리 뜯는 아이

그리고 나는 매번 이 정글을 통과해야 한다. 연습실이 학원의 가장 안쪽에 위치했기 때문이다.
연습실
현관
조심해야 해.

연습을 마치고 현관 쪽으로 걷다 보면 느낌이 온다.
날 주시하는 수많은 눈빛들…
따가워…
Beethoven

최대한 그들과 눈이 마주치지 않으려고 노력하지만 호기심에 가득 찬 악어 떼의 습격을 피하기란 쉽지가 않다.
아줌마!

악어 떼는 나를 붙들고 늘어져 질문을 퍼부어 대고
아줌마, 뭐 하는 사람이에요?
아줌마 맞죠?
아줌마, 여기 왜 왔어요?

나는 엄마 같은 온화한 미소를 띠며 대답한다.
여기 왜 오겠니? 피아노 치러 왔지. 딱 봐도 그렇게 보이잖아~

나는 이렇게 내 본성을 숨기고 친절하게 대답하는데,
악어들은 대개 이런 식으로 나온다.
아닌데? 그렇게 안 보이는데?
아닌데? 아닌데~?

그러면 나도 결국 그들처럼 정글의 한 마리 사나운 날짐승이 되고 마는 것이었다.
야 이노무 자슥아. 피아노 학원에 피아노 배우러 오지, 그럼 뭘 하러 오겠어? 너처럼 바닥에 드러누우러 오겠냐?

그래, 네 말이 맞아

피아노 수업을 마치고, 연습실에서 연습을 하고 있는데
전화기가 울렸다.

친구가 놀라며 물었다.
피아노? 무슨 피아노?
응, 나 얼마 전부터 피아노 학원 다녀.

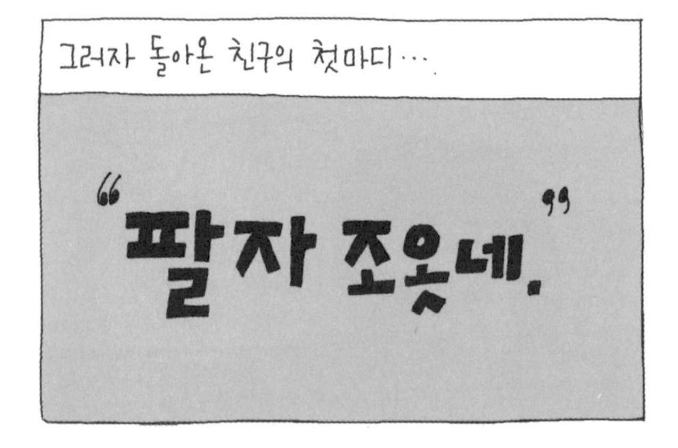
그러자 돌아온 친구의 첫마디…
"팔자 조옷네."

그러고 친구는 그걸로 부족한지 재빨리 덧붙여 말했다.
흥흥흥
야, 돈도 없으면서 무슨 피아노? 그 시간에 한 푼이라도 더 벌지. 팔자 좋네, 팔자가 아주 좋아.

...
충분히 기분이 상할 만한 말이었다.

그런데 참 이상하지? 내가 평소 그렇게
너그럽거나 이해심이 많은 사람이 아닌데
드러내놓고 화내거나
싸우지는 못하지만
혼자 열받아서 조용히
연락 끊는 스타일

평소의 나답지 않게, 그 말에 화가 나지 않았다.
화가 나기는커녕 친구가 안됐다는 생각이 들었다.
저 인간은 대체
왜 저러는가…

그리고 말의 뉘앙스를 무시해버리면, 친구의 말이 맞다는 생각이 들었다.

끄덕
끄덕

연습을 마치고 집에 돌아오는데, 기분이 정말 좋았다.
히힛

나, 지금 정말로 행복한 것 같아서.

4

만화를 그려서 먹고살게 되다니

내 생애 첫 만화

나는 책 읽기 모임에 참여하고 있다. 이 모임은 격주로 진행되며, 3개월에 한 번씩 교실 밖에서 모인다.
다음 시간이면 여섯 번째 수업인데 어디로 갈까요? 도시락 싸면 되죠?

읽기로 한 책의 저자를 만나러 가기도 하고,
김혜형 선생님과 또리와 즐거운 시간을 보냄
으아악~
최성각 선생님과 거위와 혼돈의 시간을 보냄

읽기로 한 책과 관련된 곳을 찾아가기도 하고
이번에는 '우리 그림 보는 법'에 관한 책이니까 국립중앙박물관에 가는 건 어때요?
한국의 美 특강
좋은 생각이에요!

때로는 그때그때 가고 싶은 곳을 골라 가기도 한다.
여름엔 설악산 계곡으로 고고!
봄에는 남이섬
가을엔 강원도 원주 터득골 북샵

어느 해 가을, 강원도 원주에 있는 작은 서점에서
책 읽기 모임을 하고 집으로 오던 길이었다.
잠깐 바람
좀 쐬고
갈까요?

우리는 잠시 쉬었다 가기로 하고 차를 세웠다.
뻐드드득

몸을 풀며 사방을 둘러보았다. 드넓은 들녘에 나락이
황금빛으로 물들어 바람결에 살랑이며 움직이고 있었다.

그때였다. 들판 가운데에서 무언가가 불쑥 튀어나오더니
나락 사이를 펄쩍펄쩍 뛰어다니는 게 아닌가?
어머…
저거 뭐예요?
우아…!

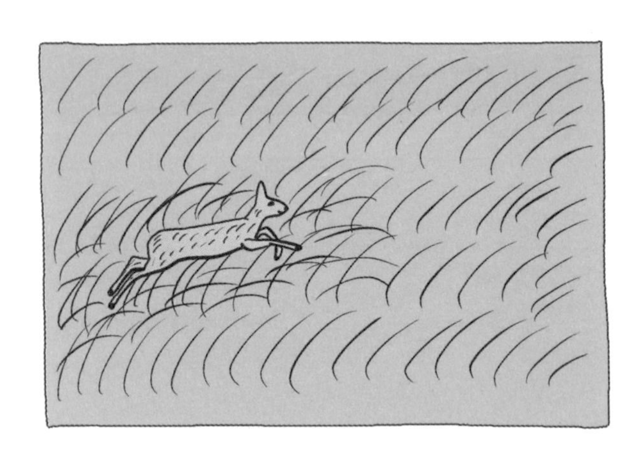

고라니다…

나는 난생 처음 보는 모습에 그만 넋이 나가고 말았다.
멋있다…

그러다 정신을 차리고는 신이 나서 고라니를 목 놓아 부르기 시작했다.
고라니야~

나의 간절한 외침에 고라니가 뜀박질을 멈추고는
우리 쪽으로 돌아봤다.

고라니가 멈춰 서서 우리 쪽을 바라보자 나는 신이 나서
고라니의 관심을 끌기 위해 온갖 오두방정을 떨어 댔다.

고라니는 물끄러미 나를 바라보았다.
아하, 저것이 바로 말로만 듣던 '관종'... 위험한 애들이야. 무시하고 가던 길이나 가자.

고라니는 다시 펄쩍펄쩍 뛰어가기 시작했다. 나도 질세라 고라니를 계속해서 애타게 불렀다.
야, 고라니야, 고라니야!
어딜 가? 어딜 그렇게 열심히 가냐고오!

그러자 고라니는 또 가던 길을 멈추고 나를 바라보았다.

그렇게 잠시 있더니, 갑자기 살금살금 움직였다.
왜 저러지?

고라니는 살살 움직여서 나락 사이로 머리만 숨긴 채 가만히 있었다. 이런 애들처럼.

나는 그 모습을 보고 박장대소했다. 고라니가 너무너무 귀여웠다.

그러고 집에 와서 앉았는데, 오늘 일이 계속 떠올랐다.
이 재밌는 이야기를 친구들에게도 들려줘야지~

나는 눈앞에 잔뜩 쌓여 있는 이면지에다 그날 고라니랑 있었던 일을 그림으로 그렸다.
외주 교정일 하느라 남아도는 이면지

그런 다음, 그 그림을 휴대폰 카메라로 찍어 페이스북에 올렸다.
지이
고라니랑 나랑 오늘 있었던 일
헤헤…

페친이 모두 합해 일곱 명이던 시절…
페친이 많아지면
무서울 것 같아서
그러고 지냈죠 ㅋㅋ
王
소심

그림을 올리자, 열화와 같은 반응이 일었다.
지이
고라니랑 나랑 오늘 있었던 일
7개
댓글 7개
좋아요
댓글달기
보내기
페친 7명
좋아요 7개
댓글 7개.
100%
반응 ㅋㅋ

핼리혜성
넘 재밌네요.
지이
하하, 감사합니다.
김종락
오두방정 떨만 하네요.
지이
그죠? 히힛.
권용득
고라니인지 개인지 모르겠삼
지이
그림 볼 줄 모르시네…
이하늘
고라니도, 지이 님도 귀여워.
지이
고라니는 저를 좀 한심해하는 듯요

산처럼 쌓인 이면지와 외주 교정의 동반자인 모나미 보루펜 그리고 페이스북 친구들의 응원.

힘내라, 힘!

화이팅!

만화 그리는 게 너무 좋아

같은 이야기라도 글로 쓰는 것보다 만화로 그리는 게 시간이 몇 곱절로 든다.

만화 그리는 데 시간이 너무 들지만, 그래도 그렸다.

지금도 그렇지만, 만화를 그리기 시작할 무렵 내 그림은 정말 형편없었다.

그림 실력이 그렇게 별로이다 보니, 인물의 심리 상태를 눈과 입 모양의 변화만으로 표현할 수밖에 없었다.

기쁨 슬픔 놀람

비록 그림은 눈 뜨고 봐주기 힘든 수준이었지만, 그래도 재미있었다. 글과는 다른 만화만의 묘미가 있었다.

표정과 말줄임표만으로 백 마디 말을 한다거나…

뭐예요? 발로 그렸어요?

개인지 소인지 잘 모르겠음요.

평소 소통 없이 지내던 SNS 친구들도 댓글을 달아 의견을…

그리고 무엇보다 내 만화를 기다리는 친구들의 기대에 부응하고 싶었다.

만화 언제 올려요? 설마 만화도 안 그리면서 삼시세끼 다 찾아 먹고 그러는 건 아니죠? 예?

서… 설마요… 열라 그리고 있습죠….

나는 사람들과 잘 만나는 편이 아니라서 SNS가 좋았다.
그곳에서 사람들과 소통하는 게 편하고 즐거웠다.
제가 댓글 장인입니다.
댓글에 혼을 싣습니다.
댓글장인

SNS 활동을 하며 다양한 분야의 사람들과 친구가 되고
시간이 쌓이면서 몇몇 분들과는 실제 친구로 발전하기도 했다.
부끄럼이 많은 편인데,
SNS에서 오래 만난 분들은 처음 만나도 많이 어색하지 않아서 좋더라구요.

SNS 친구들이 내가 그린 만화를 보고 좋아해 주니
더욱 열심히 그리게 되었다.

만화로 내 생각과 내 생활, 주변 이야기를 그리는 게
참 좋았다. 그런 것들을 만화로 그려야지 하고 생각하니까
나와 내 주위에 더 관심이 생겼다.

정말 몰랐다.
내가
만화를
그리게
될 줄은.

정말 몰랐다.
내가 이렇게
만화 그리는 걸
좋아할 줄은.

출판사에서 연락이 오다

재미있는 일이 있으면 이면지에 만화로 그려
페이스북에 올렸다.

찰칵!

서평도 만화로 그려 올리고, 별일 없는 밋밋한 일상도
만화로 그려 페이스북에 올렸다.

그렇게 매일 그림을 그리고 SNS에 올리며 놀고 있는데
전화벨이 울렸다.
여보떼요?
안녕하세요?
저 빨간소금 출판사
대표 임중혁입니다.

출판사 대표님은 생각지도 못한 말을 꺼냈다.
저희가 진행하고 있는
책에 들어갈 그림을
부탁하고 싶어서요.
예에?

나는 천성이 상당히 소심해서 조금이라도 부담스러운 제안은 거절하는 편이다.

그런데, 이랬던 내가 희한하게도 이번 제안에는 선뜻 응했다.

내 그림 솜씨….
우리 강아지 장수
내가 고라니라니…
내가 초등학생 때 일이다.
기대가 없을 것이다.

그러니 부담 없이 즐겁게 할 수 있을 것 같았다.
글을 읽고, 그림으로 그려야 하는 부분을 내 나름대로 소화해서 표현하면 될 거야. 하하하….

작업하다 막혀서 도저히 진척이 되지 않을 때는 출판사 대표님께 도움을 청하기도 하고, 지인들과 이야기를 나누며 답을 찾아가기도 했다.

그렇게 여러 사람들의 도움 덕분에 그림을 그린 첫 책이 세상에 나오고, 뒤이어 두 번째 책도 출간된다.

첫 번째 책

대학생은 처음이라

두 번째 책

세상일이 이렇게나 재미있다. 내 이름이 책 표지에 '땋' 박히다니…. 그것도 '그림 그린이'로 말이다.
내 이름은 늘 판권에만 있었는데 말이야. '책임편집'이나 '만든이'로…
판권
초판 1쇄 발행 2012년 2월 20일
지은이 * * *
펴낸이 * * *
만든이 임지이

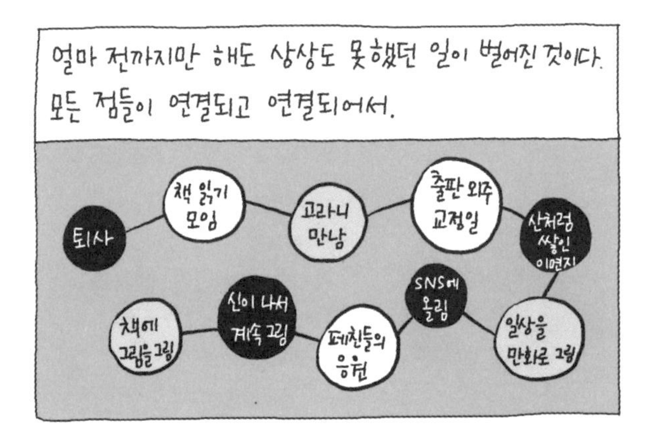
얼마 전까지만 해도 상상도 못했던 일이 벌어진 것이다. 모든 점들이 연결되고 연결되어서.
퇴사
책 읽기 모임
고라니 만남
출판 외주 교정일
산처럼 쌓인 이면지
일상을 만화로 그림
SNS에 올림
페친들의 응원
신이 나서 계속 그림
책에 그림을 그림

첫 계약

책에 들어갈 그림을 그리기로 하고, 계약서를 쓰기 위해 출판사 대표님과 만났다.

부담 갖지 마시고, 늘 하던 대로만 그리시면 돼요.

그럼, 개판인데…

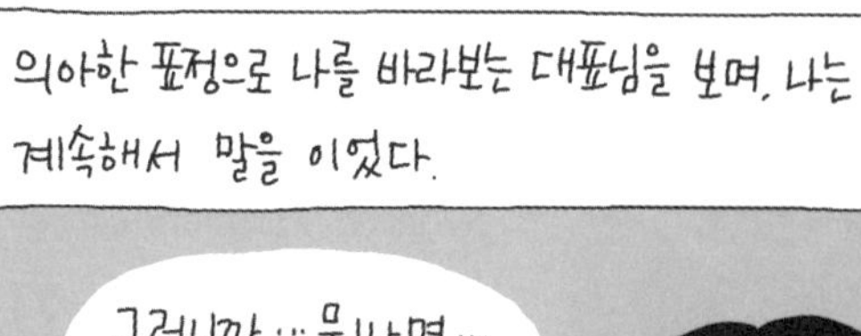
의아한 표정으로 나를 바라보는 대표님을 보며, 나는 계속해서 말을 이었다.

그러니까… 뭐냐면… 계약서는 보름 정도 후에, 11월 18일 이후에 쓰면 좋겠어요. 헤헤헤…

왜……
어, 그러니까 왜요? 무슨 특별한 이유라도…
대표님은 무척 당황한 듯했다.

보통, 계약을 빨리 하려고 하지, 임 작가처럼 계약을 미루자고 하는 경우는 잘… 거의 없거든요.
네, 그렇죠…
제가 왜 그러냐면요…

서양 점성술에 따르면, 수성이 역행할 때에는 계약을 하지 않는 게 좋거든요. 그때 계약을 하면 계약이 파토 나는 등의 좋지 않은 결과가 있을 수 있다고 해요. 이번 역행은 15일까지지만 3일 정도 그 영향이 미친다고 하니 18일이면 좋을 것 같아서요.

아, 예….
그렇…군요…
조심해서
나쁠 거
없잖아요~
저만 좋자고
이러는 거
아니에요~

이상한 것 같아…
도망 갈까?

엄마, 나 계약했어

아냐, 이 모든 게 다
엄마의 후원에서 시작된 거야.

3년 전에 현대백화점에서 엄마 거위털 파카 샀잖아. 그때 나한테 ATM으로 100만 원 뽑아 오라고 한 거 기억하지?
현금으로 하시면 D/C 해드릴게요.
도 좀 뽑아 와라.
응.

그때, 내가 200만 원 뽑아서 100만 원 엄마 주고 100만 원은 내가 꿀꺽했거든.

자, 100만 원.

고생했다.

자식 도울 수 있으니 행복하지? 내가 효녀다, 효녀~!
ㅋㅋㅋ 맞다. 니가 효녀다!

이럴 줄 알았으면 좀 더 들고 튈걸.
캬캬캬캬

과감히 아이패드를 지르다

이번 책 작업뿐 아니라, 다른 그림을 그리는 데도 활용할 수 있을 것 같아서 큰맘 먹고 확 사버렸다.

며칠 후, 첫 책 작업을 함께할 디자이너와 만났다.

서로 인사를 나눈 다음, 나는 기다렸다는 듯 나의 소중한 아이패드를 가방에서 꺼냈다.

나는 아이펜슬로 아이패드에다 곡선을 멋드러지게 그렸다.
멋지죠?
엄~청 부드럽게 잘 그려진답니다.
한번 그려 보실래요?

내 자랑을 듣던 디자이너가 내게 그림을 요청했다.
저는 작가님이 종이에 그린 그림만 봐서요. 아이패드로 그린 그림 하나만 지금 좀 보여 주실래요? 어떤 느낌인지 보고 싶거든요.

아, 그렇군요.
잠시만요,
찾아볼게요.
어디 보자…

나는 얼른 아이패드에 저장되어 있는 그림 중 하나를 디자이너에게 보여 주었다.
흐음…

그림을 유심히 살펴보던 디자이너가 내게 말했다.
예전처럼 이면지에 그려 주세요. 그게 느낌이 더 좋은 것 같아요.

우리랑도 계약해요

『잼잼이의 박물관 탐구생활』을 출간하고, 다른 출판사에서 출간 제의가 들어왔다.

해외여행을 준비하는 어린이를 위한 정보서 어떨까요?

Good~

우주선을 타고 지구에 불시착한 우주 슈퍼스타가
주인공으로 나오는 아주아주아주아주 재밌는 책이다.
아, 저자가 지 입으로 재미있다고 하면 그 책은 십중팔구 재미없다고 하던데…
긁적
긁적

나는 이 책에 들어가는 그림 대부분을 병원에서 그렸다.
엄마를 간병해야 했기 때문이다.
니, 내 때문에 일을 못해서 우짜노…
그러니까 얼른 나아라. 그럼 되잖아.

그래서 이 책의 작업 과정을 떠올리면 마음이 좀 아픈데,
보호자 침대
아이고, 허리야….
베개
환자 침대

책이 나오고도 상황은 좋지 않았다. 하필이면 출간될 때 코로나가 퍼져, 전 세계가 얼어붙었기 때문이다.
작가님, 어떡하죠? ㅠㅠ
하… 코로나 한복판에 출간된 해외여행 책이라니… ㅠㅠ

걱정이 많이 되었지만, 곧 생각이 바뀌었다.
우주선 말고
비행기는 처음이야
하하하, 괜찮아.
이 책에 무슨 일이
생길지 아무도
모르잖아?

만화랑 아무 상관 없이 살다가 마흔 넘어 별안간
만화를 그리며 살게 된 나처럼.

클래식에 더욱 빠져들다

과학만화에 이어 클래식 음악에 관한 정보와 흥미로운 일화를 만화책으로 내기로 했다.

다시는 같이 작업 안 해!

나도!

과학만화책 같이 만들며, 다시는 공저 같은 건 하지 않겠다 다짐하였지만...

(하지만 그렇게 어렵게 어렵게 구한 음반들을 믿었던 지인에게 몽땅 털렸다고 한다.)
그럼, 제대할 때까지 내 음반들 좀 잘 부탁할게.
응~ 잘 다녀오렴.

나 또한 어릴 적부터 클래식에 관심이 있었던 터라 우리는 자연스럽게 클래식 만화를 시작하게 되었다.
헤헤헤헤
어릴 적에 꽤 오래 피아노를 쳤고, 대학에 와서는 고전음악감상실 실원이었음 (하루 만에 그만둠…)

클래식 만화를 시작하며 공부를 많이 했다. 관련된 책도 많이 읽고, 각종 채널을 통해 정보를 최대한 수집했다.
협주곡, 교향곡, 소나타…
차이점을 좀 알아야겠다.
아하, 슈만에게 이런 일이 있었구나. 짠하네.

그러다 보니, 날이 갈수록 알게 되는 내용도 많아져서 피아노 선생님과의 대화가 한층 더 재미있어졌다.
악보를 외워서 치면, 악보 보는 데 쏟았던 주의력을 음악의 흐름이나 손의 감각 등에 사용할 수 있어요.

맞아요, 선생님.
클라라 슈만이 그랬대요.
"외워서 연주하면, 힘차게 날갯짓을 하며 하늘로 날아오르는 기분이다"라고요.

종알종알
종알종알
종알
종알
이제 그만하고 피아노를 쳐야…
그 후로 나는 점점 더 "입으로" 피아노를 치게 되었다.

조용히 좀 해, 이것들아!

한참 만화를 그리는데, 한 장면이 너무 안 풀렸다.
하… 암만 해도 맘에 안 드네…

나는 계속 고민하다 지쳐, 바닥에 벌러덩 누워버렸다.
하이고, 돌겠네…

그때, 창밖에서 너무나 예쁜 소리가 나서 고개를 돌려 보았더니 창틀에서 참새 한 마리가 지저귀고 있었다.

니는 우째 생긴 것도 예쁘고 소리도 그렇게 예쁘노?

굽기야 세 마리가 앉아 함께 지저귄다.
짹 짹
짹 짹 짹 짹
짹짹
짹 짹

셋이 하도 시끄러워 가만히 들어보자니…
재 말이야. 맨날 저렇게 벌러덩 자빠져 있다?
만화 그리는게 뭐 어렵다고…
그림 봤어? 완전 발그림.

짹짹 짹 짹 짹 짹 짹

나는 벌떡 일어나 참새에게 소리쳤다.
야! 아무리 참새라도 진짜 개념 없네. 방역 지침 안 지켜? 누가 그렇게 붙어 있으래?

니들이 창작의 고통을 아느냐고! 야이, 새대가리들아!!!

두려움

SNS에 만화를 올리기 전에 한 번 더 본다.
아이고 배야~~
잠시 점문 있겠습니다.

잘못된 용어를 사용하고 있지는 않은지, 잘못된 생각을 만화로 그려 놓은 건 아닌지….
이런 말 써도 되나?
에잇, 헷갈릴 땐 안 쓰는 게 낫지.

만화로 누군가를 계몽할 생각은 없다.
그럴 능력이 없어요. 힛…

다만, 적극적으로 피하고 싶은 건 있다. 내 만화로 인해 누군가가 상처 받는 일. 그것만은 피하고 싶다.
나도 모르게 그런 일을 저지를까 봐 정말 걱정돼요 ㅠㅠ

혼돈의 카오스

한잔하고 헤어지는데, 지인이 내게 제안했다.
매일 시 한 편씩 써볼까요?
시?

잠시 고민하는데, 갑자기 화가 났다.
불공정한 것 같아요. "기울어진 운동장"이랄까?
※ 언젠가 이 표현 써먹어보고 싶었음.

내 말에 지인은 어리둥절한 표정을 지으며 물었다.
뭔 소린교?
첫!

나는 표독스럽게 굴며 말을 이었다.
예전에 시인에게 시 쓰는 법을 배우셨다면서요? 이를 테면 이런 거 말이에요.

지인이 배웠다고 자랑한 시 창작법 1.

일단 문장을 쓰고, 앞뒤 단어를 서로 바꾸어라.

사과를 접시에 고이 담았다.

→ 접시를 사과에 고이 담았다.

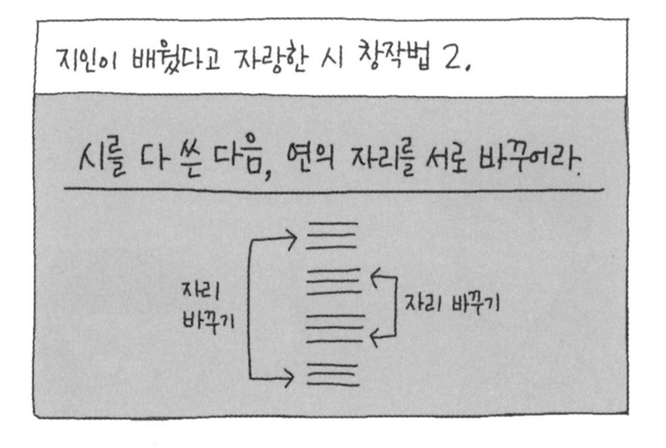

내 말에 지인은 어이가 없다는 표정으로 나를 바라보았다.
흥, 내 말이 맞죠?
그거 농담이었는데… 농담하고 진담도 구분 못 하나.

하지만 지인은 곧 사람 좋은 웃음을 지으며 말했다.
에이, 지이 씨는 멋진 창작자 아인교.
아!

농담하고 진담도 구분 못 하는 나는 그 말에 홀랑 넘어가서 시를 쓰기로 한다.

※ 디시인사이드 갤로거 '문학도'님의 시를 빌려서 표현했습니다.

다음 날 아침, 눈 뜨자마자 책상에 앉아 시를 쓰기 시작했다.

한 송이 국화빵을
먹기 위하

나 보기가 역겨워
가실 때에는
뒤지게 처맞고...

그리고 며칠 후….
옛 성현의 말씀에
이런 게 있지.
약은 약사에게
시는 시인에게.

역시 나는 만화가 체질이야~
이것은 운명의
데스티니~!

꼭 피하고 싶은 것

나는 책이건, 영화건, 만화건 감동코드가 들어 있는 건 피한다. 작정하고 감동을 주려하는 게 불편해서다.

엄마, 내 곁에 조금만 더 머물러 주면 안 돼? 내가 너무 미안해.

엄마가 미안해.

얼마 전에 지인이 내게 물었다.
혹시, 지금 그리는
만화에 감동적인
내용이 있소?

나는 말이 떨어지기 무섭게 질색팔색하며 답했다.
놉

그런데 사람 일이 또 모르는 거니까… 혹시 실수로, 아니면 피치 못하게 감동적인 내용이 들어가면 어쩌나 하는 생각이 들어 갑자기 불안했다.

아, 세상은 아직
살만한 곳이었어♡
지은이 주 : 이 그림은 따뜻한
위로가 필요한 독자를 위해
일부러 그린 것입니다.

아주 좋은 생각이었다. 마음이 편안해졌다.
하하하, 거참…
그렇게 안 생겼는데
가끔 가다가 한 번씩
똑똑하다니까….

앗, 그러는 순간 나는 깨달았다. 선입견이 얼마나 무서운지를….

그때 나는 결심했다. 더 이상 겉모습으로 사람을 판단하지 않기로.

※ 지은이 주 : 위의 두 컷은 깨달음이 들어 있는 이야기를 좋아하는 독자를 위해 일부러 그린 것입니다.

제보가 쏟아지다

언제부터인가 지인들이 내게 제보를 한다.

어쩌고 저쩌고 …
블라블라 블라블라…
어때? 재밌지?
이거 만화로 그려줘.

지인은 이야기를 시작했다.
고등학생 때 일이오. 나는 아직도 그날 일을 잊을 수가 없소.

※ 지금부터는 지인의 시점으로 이야기가 전개됩니다 ※
다음 그림부터 내용 속의 '나'는 지인이라는 말씀. 아시겠쬬?

나는 알레르기가 심해서 봄 환절기에 천식기가 있소.
그럴 때면 열이 오르고 기침을 엄청 많이 하지.

엣취~~~

그때 우리 집은 연립주택이었는데, 그곳 마당에 앉아 볕을 쬐고 있었소.

좋은 질문이오. 그건 … 청춘의 멜랑콜리 … 그런 거였소. 저때는 왜 … 그냥 막 우울하고 그렇지 않소?

그런데··· 그렇게 세상 우울하게 앉아 있는데,
어디선가 갑자기 똥냄새가 나는 거요.

놀라서 주위를 살펴보니, 남루한 차림의 할아버지 한 분이
폐지를 주워서 가고 있었소.

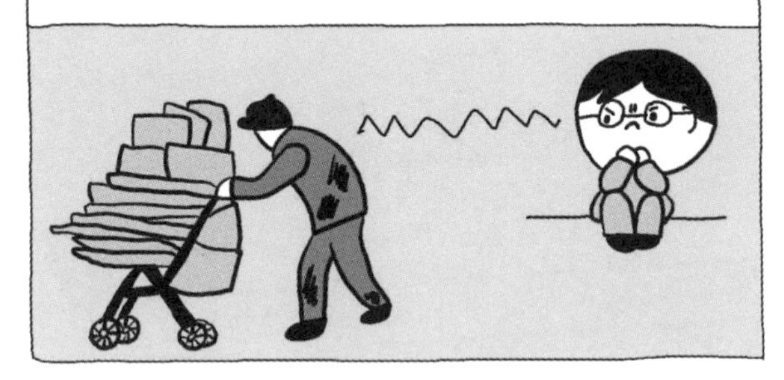

나는 짜증이 났소. 몸도 많이 안 좋은데, 이상한 냄새까지
나니 그랬던 것 같소. 멜랑콜리한 분위기가 깨진 것도 싫었고.
에이씨ㅡ
웬일이야, 사람
그렇게 안 봤는데…

그런데 이상했소. 그 할아버지가 지나가고 한참
지났는데도 계속 냄새가 나는 거요.
킁킁
킁킁
?

나는 어찌 된 일인지 알아내려고 주위를 살펴보았소.
내 코가 이상한 걸까?
뭐지? ...

그리고 알게 되었지.
아...
...

내가 앉아 있는 곳 가까이에 연립주택 정화조가 있다는 사실을….

정말이지 너무 부끄럽고 죄송했소.
...
...

그리고 결심했소. 선입견을 조심하며 살겠다고.
그때부터 선입견을 갖지 않으려고 무척 애쓰며 살고 있소.

이거, 만화로
그려 주시오.
흐음…
그렇군요.

그런데
말이오…

그거…
본인 냄새
아니오?

꺼져!
빨리 그리러
가야겠다.
오늘도 이렇게 만화 하나 득템!

묘비명 적어 보기

책을 읽는데 이런 내용이 있었다.
자신의 묘비명을 적어 보세요.
그리고 내용도 함께 적어 봅시다.

묘비명이라…. 나는 책을 덮고 인터넷으로 다른 사람들의 묘비명을 찾아보았다. 그중 기억에 남는 걸 몇 개 적어 본다.
내가 죽으면 술통 밑에 묻어줘. 운이 좋으면 밑동이 샐지도 몰라.
일본의 유명한 선승_모리스 센얀
캬~ 취한다, 취해~

프랑스의 위대한 소설가 스탕달은 카이사르의 명언을 패러디하여 묘비에 적었다고 한다.

~~왔노라, 보았노라~~
~~이겼노라.~~
살았다, 썼다,
사랑했다.

현대 그리스 문학을 대표하는 소설가이자 시인인 『그리스인 조르바』의 작가 니코스 카잔차키스. 그의 묘비명은 이렇다.

나는 아무것도 바라지 않는다.
나는 아무것도 두려워하지 않는다.
나는 자유다.

남들의 묘비명을 생각하다 보니, 자연스레 내 묘비명도 생각해 보게 되었다.
흠… 뭐라고 적을까? 남들은 내 묘비명을 뭐라고 쓰고 싶어 할까?

이런 생각들을 하자 내 상황이, 내 삶이, 나 자신이 좀 더 객관적으로 보이기 시작했다.
임지이
(19xx ~ 2220)
남들에겐 못 그랬지만 가족에게는 세상 지랄 맞게 굴다가 조용히 떠나다.
아하하하
맞는 말이라 반박을 못 하겠네.

아니면 이런 것도 가능하겠다.
책을 여러 권 만들다 퇴사하였다. 그 후로 가족에게 삥을 뜯고, 여러 가지 돈벌이를 하며 지내다 영영 먼 곳으로 떠났다.
야, 무슨 묘비명이 하나같이 다 이래?

그렇다면 내가 원하는 묘비명은 무엇일까? 글쎄, 지금으로선 이 정도면 어떨까 한다.
그럭저럭 밥 안 굶고 즐겁게 살다가 편안히 잠들다.

이번 일을 시작으로, 가끔 묘비명을 써봐야겠다는 생각을 했다.

앞으로 어떻게 살고 싶은지,
내가 추구하는 삶은 어떤 것인지,

현재 내 모습은 어떤지 알 수 있는

5

나는 더 좋은 곳으로 가고 있어요

탈서울을 감행하다

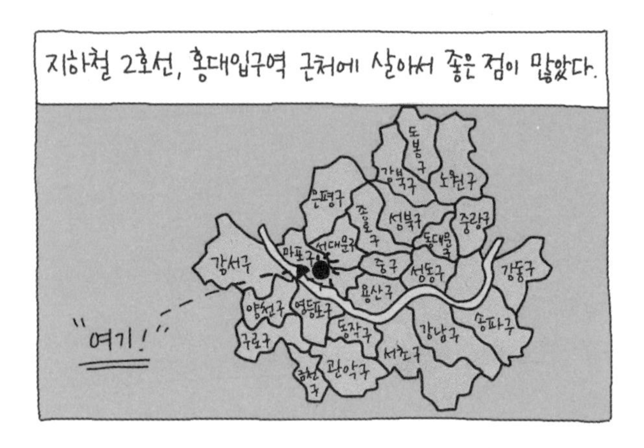

출판에 관련된 일을 하는 사람들은 주로 미팅을
홍대입구역이나 합정역 부근에서 많이 하기 때문에
일할 때 편했고,

그리고 무엇보다 내 영혼의 안식처인 대안연구공동체가 지척에 있어 정말 좋았다.

대안연구공동체

5분 거리

우리 집

그런데 이렇게 즐거운 날이 종말을 맞이하고 말았으니…
계약 갱신일이 다가오자 집주인이 보증금을 크게 인상한 것이다.
이상하다. 지난 번에 월세 올리고, 이번이 첫 갱신인데 왜 이렇게 많이 올리지?
?

주택임대차보호법에 따르면 집주인은 내게 임대료의 5%까지만 올릴 수 있었다.
저…5%까지 인상할수 있는거 아닌가요? 법으로 그렇게…
법? ㅎㅎㅎ 빠져나갈 구멍쯤은 벌써 마련해뒀지. 법대로 해~
집주인

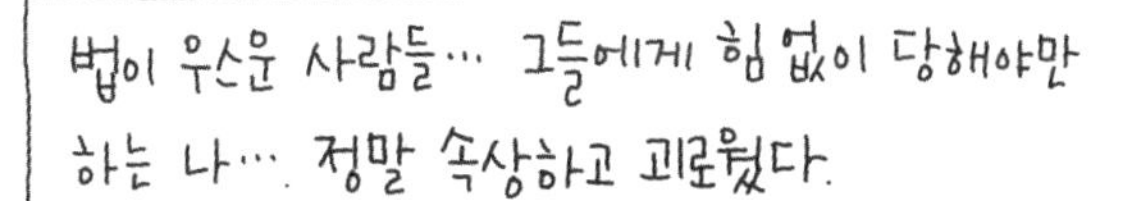

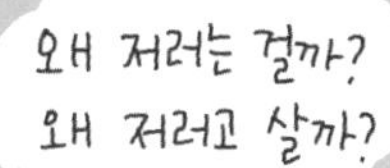

나는 몇날 며칠을 고민하다 결국, 서울을 떠나기로 했다.

내가 매일 출퇴근을 해야 하는 것도 아니고, 집에서 만화만 그리고 있는데 굳이 서울 한복판에서 살 이유가 없잖아. 그래, 떠나자.

나는 그때부터 이곳저곳 집을 알아보고, 경기도의 한 지역으로 이사를 했다.
2424
스무 살 때부터 한 번도 벗어난 적이 없는 서울. 떠나려니 눈물이 나는구나.

그렇게 우여곡절 끝에 이사한 곳은 생각보다 더 좋았다. 지하철역, 도서관, 각종 관공서가 도보 10분 이내에 있었고,
도서관
MART
국민건강보험공단
시청
세무서
우체국

집 근처에는 걷고 뛸 수 있는 드넓은 자연이 있었다.

그리고 사는 공간이 배로 넓어졌다.

서울 땅을 떠날 땐 눈물이 찔끔 났지만, 이제는 그 선택을
후회하지 않는다. 탈서울 덕분에 삶의 질이 달라졌다.

이 또한 만화가 내게 준 선물이다.
만화를 그리게 되어 정말 다행이야.

요일을 모르는 사람들

진료 때문에 시골에서 올라온 엄마랑 집 근처 카페에 가고 있었다.

엄마, 오늘도 흑당버블티 먹을 거나?

응, 나는 그게 젤로 맛있더라.

그러다 보니 문득 든 생각.
엄마, 오늘이 무슨 요일인지 헷갈리는 거, 그거 되게 괜찮은 거다.

회사 다닐 때는 요일에 정말 민감했거든.
월요일은 아침부터 정신이 없어서 어떤지도 모르고 지나가고
화요일이면, 아 아직도 주말이 한참 남았구나 싶어 한숨이 나고.

수요일 퇴근무렵이면, 한 주가 꺾이는 거 같아 기분이 쪼끔, 쪼~끔 좋아져.
목요일이면 내일이 금요일이다 싶어 힘이 나고,
금요일? 큭큭, 금요일은 아침부터 막 설렜어.
두근두근

토요일은 꺄악, 그냥 뭐 마냥 좋지. 영원했으면…
그리고 일요일은… 오전에 하는 TV 프로그램 <서프라이즈>를 보고 나면 슬슬 우울해지기 시작해. 오후가 지나고 저녁이면 우울이 극에 달했다가 밤이 되면 자포자기의 심정으로 현실을 받아들이게 되지.
출근이다, 자자!
하하하하

이렇다 보니 회사를 다니면 요일을 모를 수가 없어. 그런데 회사를 안 다니고부터 요일을 잊고 지내.
이 얼마나 행복한 일이야?
캬캬캬

맞다, 니 말이 맞아! 우리 둘 다 디게 행복한 거데이~♡

프리랜서의 밤

회사에 다닐 때, 밤에 잠이 오지 않으면 낭패였다.
아… 내일 회사에서 우짤라고 이래 잠이 안 오노… 미치겠네…

잠을 설치는 이유는 단순했다. 업무와 관련한 걱정 때문이었다.
팀장의 비신사적 행위
까칠하고 이상한 작가
자기 기분대로 함부로 하는 작가
연락 두절 그림 작가
저 혼자 예술 하시는 디자이너
상사의 줄변덕
도저히 지키지 못할 마감일정

아이고, 자자….
자야 된다.
내일 일할라믄
조금이라도
눈 붙이자.
내일 우짤라고
이러노…휴….

걱정 때문에 잠을 못 이루는데, 잠 못 자는 것 또한
걱정해야 하는 신세라니….
양 한 마리
양 두 마리
양 세 마리
양 삼천이백
칠십아홉 마리

하지만 프리랜서가 되고 나서는 잠이 안 와도 걱정이 없었다.

잠이 안 오네…. 이런 날도 있는 거지 뭐. 내일 낮에 좀 자면돼.

잠 안 오는 밤, 그것이 선물처럼 느껴지는 것.

이것이 바로 프리랜서의 행복이다.

프리랜서의 행복

프리랜서가 되고 가장 좋은 점을 꼽으라면, 시간을 내 맘대로 쓸 수 있다는 것이다.
게다가 나는 만화 그리는 일을 하기 때문에 장소에도 크게 구애를 받지 않는다.

그러니 엄마 간병도 맘 편히 할 수 있었다.
내 때문에 니가 일도 못 하고…
괜찮다. 아무데서나 일 잘한다.

엄마는 지금까지 큰 수술을 여섯 번 했다. 그때마다 매번 오랜 기간 입원했는데, 간병은 모두 오빠와 내가 했다.

세 번째 수술까지는 오빠가 간병을 했고, 그 후 세 번은 내가 간병을 했다. 일부러 알고서 그랬을 리는 없고,

늘 고맙고 짠한 우리 엄마. 이런 복이라도 있어 얼마나 다행인지….

엄마, 엄마는 복도 많다. 아들 딸이 딱딱 알아서 번갈아 가며 프리랜서를 하네. 크크크…

맞다. 내가 참 복이 많데이.

시시때때로 엄습하는 불안감

프리랜서가 좋아 보이지만 선뜻 이 길로 나서지 못하는 건 경제적인 불안감 때문일 것이다.

그 생각이 맞다. 프리랜서라서 좋은 건 좋은 거고, 나 역시 경제적인 문제로 힘들다. 불안감에 잠 못 이룬 밤이 숱하다.

벌떡

돈이 똑 떨어졌는데
우짜노…

먹고 입는 거야 줄이고 줄인다지만, 월세나 은행 대출금, 보험료와 각종 공과금, 통신료 같은 건 밀리면 안 되니까.
돈 나가는 날은 왜 이리 빨리 돌아오는가….
통신료
가스비, 전기세
보험료
월세
대출금 이자
관리비

적게 벌고 적게 쓰는 삶. 대체로 행복하지만, 잔고가 0을 향해 갈 때면 심히 불안할 수밖에 없다.
텅
1년 꼬박 쓰고 그렸는데, 수입은 300만 원… 베스트셀러를 내지 않는 한 책으로 돈을 벌긴 어렵겠구나.

얼마 전, 대출 때문에 은행에 갔을 때 일이다.
디딤돌대출 서류 작성하러 왔는데요….
SH BANK

내게 서류를 내밀던 은행 직원이 당황하며 말했다.
아, 잠시만요. 제가 숫자를 잘못 적었나 봐요. 다시 적어 드릴게요.

서류를 보았더니, 국세청에서 뗀 자료를 근거로 작년과 재작년 수입을 적는 칸에 각각 300만 원과 500만 원이 적혀 있었다.

아, 이런 상황 굉장히 익숙하다.

그러자 은행 직원은 고개를 들어 나를 바라보았다.

그리고 나도 보았다. 은행 직원의 흔들리는 동공을.
괘안심더.
이런 반응,
이골이 났어예.

프리랜서로 살고부터 수많은 날을 금전적 불안감에
시달리며 지냈다.

프리랜서의 장점을 취하는 대가로
이 불안감은 감내해야 합니다.

불안감 다스리는 법

잔고는 점점 줄어들고 돈 들어올 곳은 없을 때, 이루 말할 수 없을 정도로 불안하다.

일은 꽤 많이 했는데
이 바닥이 단가가 워낙
낮다 보니 이 모양 이 꼴.

이런 날들이 지속되다 보니, 나름대로의 극복 방법을 찾았는데….

자, 일단 일자리 검색앱을
설치해요. 알바**, 알바△
같은 앱 말이죠.

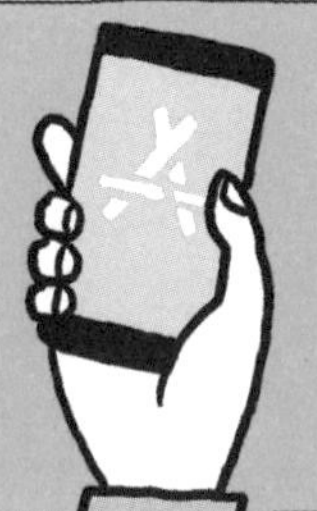

그렇게 앱을 설치한 다음, 지금이라도 당장 할 수 있는 일이 있는지 알아본다.

업체에서 나를 채용할지 말지 여부를 떠나, 어쨌거나 내가 지원할 수 있는 곳이 있다는 걸 확인하고 나면 마음이 편안해졌다.

이것은 그저 정신승리가 아니다. 책 앞부분에 나와 있듯이
나는 프리랜서가 되고부터 여러가지 일을 했다.

프리랜서로 계속
살기 위해 노력했어요.

그렇기에 나를 기다리는 일자리를 확인하는 순간, 고개를 쳐들던 불안은 바로 수그러든다.

무언가를 선택했다면, 그것에 따르는 고통도 함께 선택한 거다. 그러니 그 고통도 받아들여야 한다. 아직까지는 이런 고통에도 나는 내 선택을 후회하지 않는다.

고마운 사람들

회사를 그만두고 정말 어려운 때가 많았는데,
그때마다 나를 지탱하게 해준 건 가족의 사랑이었다.

울엄마

우리 외삼촌들

우리 오빠야

어른이 되어서도 어려운 일이 있을 때마다 오빠에게 SOS를
쳤고, 언제나 오빠는 뭐든 척척 해결해 주었다.
다 지나간데이…
힘들면 연락하고…
알았제?
알았다.

그러던 어느 날, 매우 당황스러운 일이 벌어지고 말았으니…
오빠야, 큰일났다.
변기가 막혀서
안 내려간다.
우짜노?

그러게 좀 작작 먹…
동생아, 당황하지 마…
니가 더 당황한 거
같은데……

집에 초 있제?
촛불 켜는 초 말이야.
응, 있다.

그거랑 라이터 갖고
변기 앞으로 가.
어, 알았어.
잠깐만 기다려.

아이고,
죽겄다~
갖고 왔다.
이제 우짜노?

이제 초에다 불을 붙여.
불조심 하고….
어, 잠깐만.

아이고,
죽겠다~
붙였다, 이제
우짜면 되는데?

잘했어. 이제부터가
중요하데이. 알았제?
어.

자, 이제 기도를 해.
간절히.

ㅋㅋ
ㅋㅋ
• • •

와... 다시
생각해도
빡치네...

좀 기다려 봐봐봐

나는 말을 하는 중에 하려고 했던 말이 무엇인지 곧잘 까먹곤 한다.

참 이상하다. 말을 하면서 동시에 딴 생각을 한 것도 아니고,

짜라투스트라가 말이죠~

짜라짜라짜짜짜 짜~파게티~~

누가 내 말을 끊고 끼어든 것도 아닌데 갑자기, 느닷없이 머릿속이 하얘지며 하려던 말을 까먹어버린다.

헐…

…

하지만 이제는 그런 상황이 와도 당황하지 않는다.
그저 덤덤하게 "그분이 오셨구나~" 한다.

예전 같으면 할 말을 까먹은 나를 놀리며 빨리 기억해 내라고 재촉하거나

자못 심각한 표정으로 방금 전 내가 했던 말을 다시 들려주며 기억을 돕기 위해 애쓰던 사람들이

세월이 흐른 지금은 하나같이 이렇게 반응한다.
꺄르르르르~
기억 안 나?
나도 맨날 그래.
딴 이야기
하다보면
생각날 거야.

괴로워하지 마. 우리가
하는 말 중에 뭐 중요한
말이 있겠니? 이따
생각나면 해. 아님 말고.

그런데 참 신기하지? 상대방이 재촉할 때보다
지금처럼 기다려주면 하려던 이야기가 더 빨리
생각나는 거 같단 말이야?

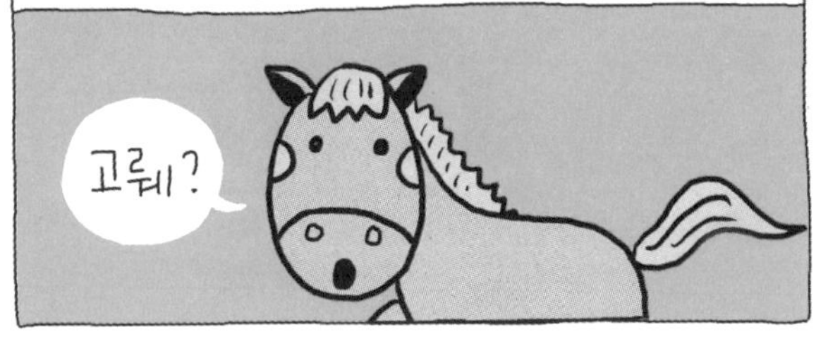

그려, 그러니까 재촉 말아. 믿고 기다리면
다 잘되게 되어 있어.

내가 겨울을 보내는 법

나는 어둠이 내리는 게 정말 싫다. 겁이 많아서 어두워지면 너무 무섭다.

그래서 밤을 싫어해요.

어둠을 싫어하다 보니 자연스레 겨울도 좋아하지 않는다.
겨울 망해라!
겨울 망해라!

이런 데다 추위까지 심하게 타니 겨울이 다가오는 게 늘 두려웠다.
이번 겨울은 또
얼마나 추우려나….
벌써 무섭다.

오죽하면 내가 제일 좋아하는 절기가 '동지'일까?
冬至
이제부터는 해가 길어지니까요. 그래서 동지가 좋아요.

그런데 이랬던 내가… 겨울을 끔찍이도 싫어했던 내가 작년부터는 겨울이 싫지가 않다.
?
왜 그럴까?

겨울이 지나면 봄이 온다는 걸 알았기 때문이다.

겨울이 와야지 봄도 온다는 걸 깨달았기 때문이다.
이제 겨울이 싫지 않아요.
내복 두세 겹 껴입고
지내다 보면 봄이 어느새
내 곁에 와 있거든요.

나는 더 좋은 곳으로 가고 있어요

1판 1쇄 발행 2022년 9월 22일

지은이 임지이 | **펴낸이** 임중혁 | **펴낸곳** 빨간소금 | **등록** 2016년 11월 21일(제2016-000036호)

주소 (01021) 서울시 강북구 삼각산로 47, 나동 402호 | **전화** 02-916-4038

팩스 0505-320-4038 | **전자우편** redsaltbooks@gmail.com

ISBN 979-11-91383-16-4(03810)

• 이 책은 한국만화영상진흥원 2022 다양성 만화 제작 지원 사업의 선정작으로 지원 받아 제작되었습니다.

• 책값은 뒤표지에 있습니다.